目　次

はじめに —— 長明の仏教

1 長明と「池亭記」

『方丈記』については、その研究開始の発端とされる時から、慶滋保胤《よししげのやすたね》の「池亭記《ちていのき》」の強い影響が指摘されて来たのであった。まず、加藤盤斎《ばんさい》が『長明方丈記抄』（延宝二年（一六七四）開板）の解題の中で、

此《この》記は、慶保胤《けいほういん》が池亭記の躰《てい》をうつせりとみえたり。このゆへに記のうちに池亭記の詞をかり用ひける事おほし。されど保胤は身官人《みくわんじん》也。業《ぎやう》は儒者なり。所居《しよこ》は市朝《してう》なり。蓮《れん》胤《いん》は身隠者也。業は仏者也。所居は山林なり。故に保胤が楽しぶところせばし。蓮胤がたのしぶかたは、ひろくしてたのしめり。

という所が注目される。

現代では、加藤周一の『日本文学史序説』（昭和五〇年、筑摩書房）が、

『方丈記』は、賀茂一族の慶滋保胤（慶滋は賀茂に通じる）がシナ語で書いた「池亭記」（九八二）を下敷きとして、そこに自己の見聞を加え、読み下し漢文にちかい日本語の散文で、書き綴ったものである。初《はじめ》に都の荒廃を述べて、天変地異と人心の心の刻薄を語り、後に閑居の日常とその愉《たの》しみを語る趣向は、全く「池亭記」に同じ。『方丈記』の文章の多くは「池亭記」のシナ語散文の意訳である。

という。この「下敷き論」をもっと徹底させたのは野村八良で、

この結構並《ならび》に文辞、全く慶滋保胤の池亭記の模倣なり。この故に偽作なり。

と、『方丈記』偽作説まで出て来たのであった。この偽作説をはじめ、一類の偽作説は、すで

に山田孝雄（岩波文庫『方丈記』解題）によって批判し尽《つく》された観があるが、しかしながら「下敷きとした」という事実は否定することが出来ない。

「池亭記」と『方丈記』について、「下敷き論」の根拠となる要点を整理すれば、次のようなことになる。

1　その叙述の展開を見るに、ともに、まず国土の相を叙し、ついで人間の栖《すみか》について叙し、ついでその栖の住人の身と心の営む所を叙するという観察と叙述が繰り返し展開される。

国土・栖・住人の身と心という観点を設定しての観察法は、「依報《えほう》観・正報《しょうほう》観」あるいは「身土観」と言われるものであって、仏教の経典・論書に通じて見られるところの特徴的な世界観察法である。「池亭記」・『方丈記』ともに、忠実にこの観察法・叙述法に依っている。

2　池亭、あるいは山庵の生活における、身・心の楽《らく》を叙することが全篇の主旨となっている。（『方丈記』の巻末部分の読み方が問題になるが、これは後に論ずる。）

3　その身・心の楽は、保胤・長明それぞれの信ずる倫理・宗教の理念によるのであり、成稿の時点においては両者それぞれ、「儒者」「仏者」、あるいは「官人」「隠遁者」の違いはあっても、ともに源信の浄土教の信奉者であったということ。

4　前項の結果として、両者ともに、社会の現状の記述はおのずからそれぞれの立場からの厳しい社会批判となっているということ。

5　全体的な構成、文辞の細部にいたるまで、多くの一致を見ることが出来ることは、先人の指摘するとおりである。

6　『日本文学史序説』が示唆するように、長明の保胤に対する同族意識・親愛感に加えて、長明の「蓮胤《れんいん》」という法号は保胤を敬慕しての命名であったと思われるし、さらに両者の著作活動を見るに、「池亭記」に倣う『方丈記』があるほかに、保胤の『日本往生極楽記』に対して、長明には『発心集《ほっしんしゅう》』の著がある。源信のもとで保胤が往生極楽の果位《かい》にいたりえた人々の伝を集めたのに対し、長明は源信の『往生要集』の教説に従い、往生極楽の因《いん》位《い》としての「発心」に注目したのであった。

以上のように「池亭記」と『方丈記』において、作者の思想、取りあげた主題、構想、文章表現について、多くの一致を指摘することが出来るのであってみれば、『方丈記』の文学的な独創性、文学史における独自の位置を認めることは、はなはだ困難なものとなるであろう。『方丈記』偽作説」の登場する所以《ゆえん》である。長明に認められる功績は、「和漢混交文」という新しい文体の完成ということだけになってしまいはしないだろうか。

「下敷き論」を力説する『日本文学史序説』は、「池亭記」・『方丈記』の相違点を、次の二点に要約する。

第一に、『方丈記』は「池亭記」よりも詳細に大火・地震・伝染病の流行を描き、はるかに生々《いきいき》と街頭の悲惨な光景を記録している。貴族文化の隆盛期と没落の時代の違いは、明らかであろう。

第二に、『方丈記』の末段は、閑居の楽しみもまた、「執心《しゅうしん》」の一つなるべしと言う。「みづから心に問ひ」、思いがそこにいたれば、「心更《さら》に答ふる事なし」、ただ無理に念仏を二、三度唱えてみるほかはなかったというところで『方丈記』は終《おわ》る（「只《ただ》、かたはらに舌《ぜつ》根《こん》をやとひて、不請《ふしやう》の阿弥陀仏、両三遍《べん》申してやみぬ」）。これは「池亭記」にない。源信の時代の「念仏」は、見事に閑居の楽しみと折合うものであった。法然《ほうねん》の時代の「念仏」は、もはやそれ以外の何ものとも折合わぬ絶対的なものに近づいていた。

『日本文学史序説』の『方丈記』についての論評・評価は、長明に対してはなはだすげないきめつけになっている。また相違点の第二に示された末段解釈は、まだ定説を見ない、というよりは定説に達することが困難な部分に対する一つの試解にとどまるし、さらに吹毛《すいもう》の難を言えば、「池亭記」の念仏は源信の念仏であり、『方丈記』の念仏は法然の念仏であるというふうに短絡的に誤解されやすい点は危険である。『方丈記』を読むためには、『日本文学史序説』が、その二つの相違点を記す頁の直前の頁に言うところ、

宮廷の貴族社会ははじめから彼に属するものではなかった。その社会が動乱にまきこまれ、崩れはじめたとき、長明は京都近郊の山中に小庵を結んで『方丈記』や『無名抄』を書く。貴族社会に憧れながらそこに組みこまれ得なかった芸術家個人の、京都風俗および歌壇に対する鋭い観察が、そこで独特の生彩を放つ。旧体制の崩壊は、彼の場合には、世界の喪失ではなく、もう一つの世界（閑居と仏教）の発見を意味し、もう一つの世界の発見は観察者にとって必要な対象との距離をつくり出したようである。

という論ならば、含蓄の多い、読み手の工夫を促す有効な助言たりうるのではないかと考える。加藤周一のこの論は、ことのほかに先に引いた加藤盤斎の『長明方丈記抄』の解題に近いところに来ているのである。盤斎の言う「ゆへに保胤が楽しぶところせばし。蓮胤がたのしぶかたは、ひろくしてたのしめり」とは、加藤周一の言う「もう一つの世界（閑居と仏教）の発見」ということであった。これが『方丈記』を読むときの誤りない指針となる語であると思うのである。しかし、その語は簡単であるが、その掘り下げは容易ではない。「もう一つの世界」の「閑居」の方は『方丈記』の字面《じづら》だけで一応納得がいくが、「仏教」の方は『方丈記』の隠された骨組みであるわけで、それは「池亭記」を下敷きに遣《つか》ってみてもわずかの手がかりしか得られない。保胤が、「池の西に小堂を置《す》ゑて弥陀を安《お》き」、「西堂に参り、弥陀を念じ、法華を読む」と、さらりと素通りしたものが『方丈記』の隠された骨組みであった。長明にとって「仏教」は、たんに遁世《とんせい》と閑居の因縁となったというにとどまらないのであって、彼の思想と行動の枠組みを決定し、『方丈記』と『発心集』の主題と構成を決定する重要な「下敷き」となっている。

2　長明と『往生要集』

長明の「仏教」とは、これまた保胤と同じものなのであって、それは、源信が経論の要文を蒐集、整理し、独自の体系・方法を示した浄土信仰・念仏門なのであり、端的に言えば、『往生要集』に説かれる念仏の教理・教義である。それは法然の専修念仏ではない。五念門・三心・四修と古来の念仏行の方法をあまさず拾い集め、正行《しょうぎょう》に対する助行をも正行と同様に重視し、有相《うそう》念仏に対する無相念仏を最勝とし、正行・助行相備えて空・無相の観を成就することを要詮とする、言わば『摩訶止観《まかしかん》』直系の、天台浄土教であった。それは法然が斥《しりぞ》けた「智者の念仏」「学匠の沙汰」にほかならないものである。

『方丈記』について、「池亭記」の影響という事実を十分肯定しながら、それに加えて『方丈記』における『往生要集』のまねびのあと、長明の理解と実践をあとづけてみたい。

日野山の草庵の書架の蔵書として特記された源信の『往生要集』は、永観二年（九八四）十一月起筆、翌三年四月、その功を終えた。念仏によって浄土への往生を願う同朋たちに示され、やがて多くの貴族たちの信仰を導く書となる。

それ往生極楽の教行《けうぎやう》は、濁世《ぢよくせ》末代の目足《もくそく》なり。道俗貴賤、誰《たれ》か帰《き》せざる者あらん……念仏の一門に依《よ》りて、いささか経論の要文《えうもん》を集む……惣《す》べて十門あり。分《わか》ちて三巻となす。一には厭離穢土《おんりえど》、二には欣求《ごんぐ》浄土、三には極楽の証拠、四には正修《しやうじゆ》念仏、五には助念の方法、六には別時念仏、七には念仏の利益《りやく》、八には念仏の証拠、九には往生の諸業《しよごふ》、十には問答料簡《りやうけん》なり。これを座右に置いて、廃忘《はいまう》に備へん。

と、その序に言う。この序文がよくその著作の動機、内容と構成を示している。「大文《だいもん》第一」から「大文第十」にいたる十章から成っている。源信の本意が示されるのは、「大文第四　正修念仏」「大文第五　助念の方法」「大文第六　別時念仏」の三章であったとされるが、浄土信仰の発心《ほっしん》をすすめるための導入部として最初に掲げられた「大文第一　厭離穢土」と、つづく「大文第二　欣求浄土」の二章が地獄の惨苦《さんく》の相と極楽の安楽の相とを詳細・鮮明に描写して読者に強く訴え、後世に影響するところが多かった。

『方丈記』における長明が多く学びとったのは、「大文第一　厭離穢土」・「大文第二　欣求浄土」・「大文第四　正修念仏」・「大文第五　助念の方法」と、それに加えて「大文第十　問答料簡」の諸章であったとあとづけることが出来る。『方丈記』の構想は『往生要集』に従い、まず「厭離穢土」の章に説かれる観察法によって現実世界の無常・惨苦の相を描写して、これを厭離する志を叙し、ついで「欣求浄土」の章に列挙・讃歎する「浄土の十楽」に倣って日野山の閑居の楽しみを叙する。そしてここには「正修念仏」の章に説かれる念仏修行の方法・心得が織りこまれ、長明みずからの正修念仏するすがたが描き出されている。最後に『方丈記』の巻末には、「助念の方法」「問答料簡」の章に従って、長明みずからが行じた「懺悔《さんげ》滅罪」の「無相業《むそうごう》」の念仏行《ぎょう》が記される。

なぜ『方丈記』は巻末に「懺悔滅罪」の「無相業」の念仏を記したかと言えば、この点にこそ『往生要集』の念仏義の本旨があるからであると言いたい。その文証はまず「大文第十 問答料簡」に求めることが出来る。最初に問題になるのは「無相業の念仏」である。

第四に、尋常《じんじやう》の念相（註・念仏の相）を明《あか》さば、これに多種あり。大いに分《わか》ちて四《よつ》となす。

一には定業《ぢやうごふ》。謂《いは》く、坐禅入定《にふぢやう》して仏を観ずるなり。

二には散業《さんごふ》。謂く、行住坐臥《ぎやうぢゆうざぐわ》に、散心にして念仏するなり。

三には有相業《うさうごふ》。謂く、或は相好《さうがう》を観じ、或《あるい》は名号《みやうがう》を念じて、偏《ひとへ》に穢土を厭《いと》ひ、専《もつぱ》ら浄土を求むるなり。

四には無相業。謂く、仏を称念し浄土を欣求すといへども、しかも身土《しんど》（註・弥陀の身体と極楽の国土）は即ち畢竟空《ひつきやうくう》にして、幻の如く夢の如く、体《たい》に即して空なり。空なりといへども、しかも有《う》なり。有にあらず空にあらずと観じて（註・この観察法は仏教術語で「四句分別」といわれる）、この無二（註・畢竟空）に通達《つうたつ》し、真に第一義に入るなり。これを無相業と名づく。これ最上の三昧《さんまい》なり。

と記されている。この部分は経論の引用ではなく、源信の私の詞である。源信自身による念仏のこの四種の整理は彼の浄土教・念仏門の信仰の一つの特色を示すものであるとされる。「定業」と「散業」は形式による区分であり、「有相業」と「無相業」は内容による区分である。その「有相業」と「無相業」の優劣について、「大文第十」ではさらに問答が進められる。

問ふ。有相と無相との観は、倶《とも》に仏を見たてまつることを得《う》るや……

答ふ。要訣《えうけつ》（註・慈恩・『西方要訣』）に通じて云《いは》く、

「大師（註・釈尊）の説教は義に多門あり。おのおの時機（註・時代と人）に称《かな》ひ、等しくして差異なし。般若《はんにゃ》経は自《おのづか》らこれ一門にして、弥陀等の経もまた一理となす。いかんとなれば、一切の諸仏にはみな三身（註・法身《ほっしん》・報身《ほうじん》・応化身《おうけしん》）ありて、法仏（註・法身に同じ、仏の本体。理が法身である。）には形体《ぎやうたい》なく、色《しき》・声《しやう》もなし。まことに二乗及び小菩薩の、三身は異ならずと説くを聞いて、即ち同じく色・声ありと謂《おも》ひ、ただ化身（註・応化身、衆生救済のために示す形・色・声を具えたすがた。）の色相《しきさう》のみを見て、遂《つひ》に法身もまたしかり（註・形、色、声がある。）と執《しふ》するが為《ため》なり。故に説いて邪となす。弥陀経等に、仏の名を念じ、相を観じて、浄土に生《むま》るることを求めよと勧むるは、ただ凡夫《ぼんぷ》は障《さはり》重きを以《もつ》て、法身の幽微《ゆうび》にして、法体《ほったい》の縁じ難ければ、しばらく仏を念じ、形《かたち》を観じて、礼讃《らいさん》せよと教へたるのみ。

源信において、「有相業」と「無相業」の優劣ははなはだ顕著である。『往生要集』を全巻にわたって味読し、その教義の全体を把握するならば、源信にあっては「或は（弥陀の）相好を観じ、或は名号を念じて、偏に穢土を厭ひ、専ら浄土を求むる」ところの「有相業の念仏」にとどまることは許されないのであって、それは初心の凡夫《ぼんぷ》にとっての仮の教え、すなわち権《ごん》教《きょう》にすぎず、それは真実教においては「説いて邪となす」とされるところであり、念仏者は究極においては「無相業の念仏」に進み入らなければならないというのが彼の真意であったと理解しなければならない。

そして、その「無相業の念仏」「最上の念仏三昧」の具体的な実修法を示すのが、「大文第五　助念の方法」の「第四　止悪修善《しあくしゅぜん》」と「第五　懺悔衆罪《さんげ》」の両条であった。『往生要集』にあっては、「助念の方法」は「正修念仏」と同等の、あるいは考えようによっては「正修念仏」以上に重要な意味をもつ一章である。『往生要集』の導きに従う長明は日野山浄土の念仏・閑居の自讃・誇負にとどまることは許されないのである。それは「有相業の念仏」にすぎなかったと反省し、自讃・誇負する自己の犯戒《ぼんかい》・驕慢・邪見を自責するのである。その反省と自責は長明にとっての「止悪修善」「懺悔衆罪」であり、助行《じょぎょう》の念仏、「助念の方法」であった。『往生要集』の「大文第五　助念の方法」に説かれる二法の実修である。そしてその実修は、『往生要集』によって、「最上の念仏」であるところの「無相業の念仏」の内容とされるものであった。

抑《そもそも》、一期《いちご》の月影かたぶきて、余算《よさん》の山の端《は》に近し。

に始まる、『方丈記』巻末の一段は「しばらくの教え」、権教《ごんきょう》にすぎない「有相業の念仏」から、反省と自責によって、「無相業の念仏」へ進み入ろうとするところの、一徹な長明の『往生要集』のまねびとして、究極の真剣、痛切な求道《ぐどう》の行《ぎょう》を実修したさいの、その心地を「記」したものと読まれるのである。それは「無相業の念仏」の実修であり、その達成もそこに暗示されている。

『方丈記』巻末の一段をこのように読めば、問題の多い、難解の、

> その時、心、更《さら》に答ふる事なし。只《ただ》、かたはらに舌根《ぜっこん》をやとひて、不請《ふしやう》（の）阿弥陀仏、両三遍《べん》申してやみぬ。

という末尾の文章は、『往生要集』の念仏教義との整合をうることが出来て、厭離穢土、欣求浄土と次第する有相業の念仏から、弥陀の身《み》も極楽の土《ど》も「畢竟空《ひっきょうくう》にして……有《う》にあらず空にあらずと観じて、この無二に通達し、真に第一義に入る」という無相業の念仏へと進み入る長明の、はなはだ徹底した努力のあとが矛盾なく了解出来るのではないかと考えるのである。

「池亭記」の影響というのは、「皮・肉・骨」という区分をもって謂《い》えば、それは「皮・肉」に相当するものである。「骨」としての影響を及ぼしたものとして「仏教」、具体的には『往生要集』を挙げるのである。

テキストとして、『方丈記』は影印の『大福光寺本　方丈記』（武蔵野書院刊）を用い、「日本古典全書」所収本（細野哲雄校訂）の本文の用字・仮名遣い・句読に従った。『往生要集』はもっぱら「日本思想大系」の『源信』に収められた石田瑞麿による読み下し本の本文を用いたが、漢字表記を仮名書きに改めたところがある。「池亭記」は「校註日本文学大系」所収の『本朝文粋』の読み下し本文により、『発心集』は『校注　鴨長明全集』（簗瀬一雄編・風間書房刊）、『長明方丈記抄』は『方丈記諸注集成』（簗瀬一雄編・豊島書房刊）所収の翻刻本を用いた。引用文の特殊な用語については著者が私注を施した。

第一章　長明の厭離穢土

――極略観・略観・広観の展開

1　『方丈記』の三大段とその要点 ―― 厭離穢土・欣求浄土・懺悔滅罪

『方丈記』本文の考察に入る。

全巻が三大段に区分される。この三大段の構成は、論じられているように、「池亭記」の構成法でもあったし、先に論じたように、『往生要集』の教義の段階的展開とも整合するのである。

〔第一大段〕　巻頭の「ゆく河の流れは絶えずして」に始まり、「いづれの所を占《し》めて、いかなる業《わざ》をしてか、しばしも此《こ》の身を宿し、たまゆらも心を休むべき」まで。

〔第二大段〕　「わが身、父方の祖母の家を伝へて」に始まり、「閑居の気味《きび》も又同じ。住まずして誰かさとらむ」まで。

〔第三大段〕「抑、一期の月影かたぶきて、余算の山の端に近し」に始まり、巻尾まで。

この三大段の構成は、自由に考えれば、

自問　自答と自讃　反省・自責

という形で展開するものと読まれるし、仏教文学一般に通ずる形式としては、

発心《ほっしん》　修行（初地《しょじ》）　懺悔《さんげ》（絶対の追求）

と次第に登階する過程であり、浄土教文学としては、

厭離穢土《おんりえど》　欣求《ごんぐ》浄土（正修《しょうじゅ》念仏を含む）　懺悔滅罪（助行《じょぎょう》）

という修行段階を示し、さらに『往生要集』の念仏分類によれば、

第一・第二大段の「有相業《うそうごう》の念仏」　第三大段の「無相業の念仏」

と深化していく追求の過程として読まれることになる。

〔第一大段〕は、その末文、「いづれの所を占めて、いかなる業をしてか、しばしも此の身を宿し、たまゆらも心を休むべき」とあるによって、この末文の文章の形式、内容の両面から明らかに大段末を見定めることが出来る。

この大段は、問題を提起する大段となっている。現実世界と、そこに生きる自己のすがたを観察し、人間いかに生くべきかについて自分自身に問いかけるのである。穢土としての現実世界の無常・苦・空・不浄の相を観察して、これを厭《いと》う心を痛切ならしめ、出離の方法を求めて発せられた自問であり、それは発心《ほっしん》の因縁となるところのものである。そしてそれは長明の「厭離穢土」の章である。

〔第二大段〕は、前段の自問に対する自答を述べる大段である。長明の「欣求浄土」の新生活の誇らかな実践報告である。自答とその自讃である。自答の要点は、

ただ、仮《かり》の庵のみ、のどけくして恐れなし……
身を知り、世を知れれば、願はず、走らず。ただ静かなるを望みとし、愁《うれ》へ無きを楽しみとす。

という境涯の達成である。それは〔第三大段〕で長明みずからが、「草庵を愛するも、閑寂《かんせき》に着《ちやく》するも」と要約したものであった。

しかしながら、この自讃にみちた自答は、ひとりよがりの相対的な解決策でしかなかったことになる。日野山浄土の観念性、主観性は長明自身も自覚しているのであって、この〔第二大段〕の末節、

夫《そ》れ、三界は、只心《ただ》ひとつなり……閑居の気味《きび》も又同じ。住まずして誰《たれ》かさとらむ。

と、異常なまでに昂《たかぶ》った美文の一節は、誇負であるのとともに、日野山浄土の観念性、主観性、相対性に対する自己弁護の強弁である。この誇負と強弁の驕慢はただちに〔第三大段〕の

反省と自責を呼び出すのである。

〔第三大段〕は前段の、日野山浄土の生活の自讃と誇負に対する反省・自責であり、初心の修行者の陥りやすい増上慢《ぞうじょうまん》の罪の懺悔である。それは前段に記された主観的で相対的な解決でしかなかった「有相業の念仏」を超える、絶対的な解決としての「無相業の念仏」によって実修された。その「無相業の念仏」における「不請《ふしやう》（の）阿弥陀仏」に対する「心念口唱《くしょう》」を記して擱筆《かくひっ》するのである。

次節以降、さらに各大段ごとの段落構成について詳説する。

2　〔第一大段〕の構成 ——〔序文〕と〔本論部〕

〔序文〕人口に膾炙《かいしゃ》した美文の序文は、影印の大福光寺本では三行と三字に記される短い冒頭の〔第一小段〕と、これにつづく、その約三倍の長さをもつ〔第二小段〕とから成る。ともに対句《ついく》を用いた「駢文《べんぶん》まがい」（小西甚一、『日本文芸史　Ⅲ』）の韻律的な文章で、「世の中にある、人と栖《すみか》」の「無常」を繰り返して詠嘆する。

〔本論部〕は、前後二段に分《わか》たれる。

〔前段〕は、「予《よ》、ものの心を知れりしより……世の不思議を見る事、ややたびたびになりぬ」と始まり、いわゆる「四大種の災厄」を叙し終《おわ》って、「すべて世の中のありにくく、わが身と栖との、はかなく、あだなるさま、又、かくの如し。いはむや……あげて不可計《かぞふべからず》。」と結ばれる長大な部分である。

〔後段〕は、「若《も》し、おのれが身、数ならずして」に始まり、「しばしも此《こ》の身を宿し、たまゆらも心を休むべき」に終る比較的短小な部分である。

〔前段〕は「世の中」、すなわち広く時代社会に即しての観察であり、長明の言う「四大種《しだいしゅ》」の災厄《さいやく》の見聞が記され、「世の中のありにくく、わが身と栖との、はかなく、あだなるさま」、すなわちその「苦相《くそう》」、「無常相」が詳細・鮮明に述べられる。

〔後段〕は「おのれが身」、すなわち狭く自己一身の逼迫《ひっぱく》の苦悩を叙して、「いづれの所を占めて、いかなる業《わざ》をしてか、しばしも此《こ》の身を宿し、たまゆらも心を休むべき」と、〔第一大段〕全体の帰結として、課題をみずからに問いかけるのである。

加藤盤斎《ばんさい》は、この〔第一大段〕を伝統的な仏教経典研究の構成論に依って、「序分《じょぶん》」と「正《しょう》宗分《じゅうぶん》」にあたるものと見なし、その正宗分を『法華経』の三周《さんしゅう》説法の形式に準拠したものと言い、「法説」「比喩説」「因縁説」の三周にふりあてて解釈する。たしかに、〔第一大段〕には「法説」、すなわち本旨としての無常観が提示され、それが「朝顔の露」の比喩によって再び説かれ、さらにまた「因縁」、すなわち長明自身の体験によって縷説《るせつ》されるという構成になっているので、「三周説法」の形式にかなうのである。しかしこの三度の繰り返し、三周の叙述法には別の準拠があったと考えるのであり、長明が『法華経』の「三周説法」の形式を意図的に利用したとするのは、論拠に欠けるところがある。盤斎の構成分析の鋭さには、たしかに敬意を払いながらも、賛成はしかねるのである。

3　〔本論部〕〔前段〕までの新解釈 —— 極略観・略観・広観

〔第一大段〕全体の構成については、先にもふれたように、『往生要集』の「大文第一　厭離穢土」の章が提示している三種の観察法に依拠したものであると読むのである。

『往生要集』の「厭離穢土」の章は、すべて七段から成る。地獄・餓鬼・畜生・阿修羅・人《にん》・天の六道の厭離すべき業苦《ごうく》の相を活写して、それぞれその業苦を受けるにいたった要因を示す。これが前六段で、最後の第七段が「惣結厭相《そうけつえんそう》」である。その「惣結厭相」の段には、穢土の六道を厭離する心を生ずるための観察法が説かれる。「広観」・「略観」・「極《ごく》略観」の三種の観察法である。

「広観」とは、たとえば、この「厭離穢土」の章の第一段から第六段にわたって展開された、地獄に始まり天にいたる六道の因果《いんが》、不浄・苦等の惨苦《さんく》の相を広く観察することである。

「略観」とは、馬鳴《めみょう》菩薩の「頼吒和羅《らいたわら》」の詩（註・四言十八句）、堅牢比丘《けんろうびく》の「壁上《へきじょう》の偈《げ》」（註・五言十六句）、また『仁王経《にんのう》』の「四非常の偈」（註・四言三十二句）等を誦《じゅ》することである。これらの詩の中には、つぶさに無常と苦と空を詠じているので、これを聞く者は道を悟ることが出来るのである。

「極略観」とは、たとえば『金剛経』の、

一切の有為《うゐ》の法は　夢・幻・泡・影の如し　露の如くまた電《いなびかり》の如し　応《まさ》にかくの如き観をなすべし。

という短い偈文《げもん》（註・五言四句）や、『涅槃《ねはん》経』の、

諸行《しょぎやう》は無常なり　これ生滅《しやうめつ》の法なり　生滅の滅し已《をは》れば　寂滅《じやくめつ》を楽《らく》となす。

という短い偈文（註・四言四句）を誦して、穢土の厭うべき相を観じ、煩悩の営みを捨てる観

察法である。

『方丈記』の〔第一大段〕は、『往生要集』の「厭離穢土」の章に「惣結」として示されたこの三種の観察法を、源信が提示したのと逆の順序をもって展開したものとなっている。すなわち、巻頭〔序文〕の〔第一小段〕、

ゆく河の流れは……世の中にある、人と栖と、又かくのごとし。

と詠いあげるのは、四句の短い偈によって示される「極略観」の提示であり、つづく〔序文〕の〔第二小段〕、

たましきの都のうちに……消えずといへども、夕《ゆふべ》を待つ事なし。

と詠いあげるのは、十六句ないし三十二句の、これまた比較的短い偈によって示される「略観」の提示である。長明はまず「極略観」、ついで「略観」によって、繰り返し穢土の無常相を詠いあげて巻頭を飾ったのである。

4　〔前段〕の解釈 ―― 四大種の災厄と六道、不浄・苦・無常の観察

つづいて長明は「広観」を展開する。

予、ものの心を知れりしより、四十《よそぢ》あまりの春秋《しゅんしう》をおくれる間に、世の不思議を見る事、ややたびたびになりぬ。

四十年間の長きにわたる度々の「世の不思議」の見聞というのは、まさに「広観」にほかならない。四十年間の現実世界の無常・苦・空・不浄の厭うべきすがたは、彼の体験の年次に従って、いわゆる四大種の災厄として、『往生要集』を凌《しの》ぐ迫真性をもって活写されるのであるが、

その惨苦の世界は、長明が身を置いた京都という人間世界、すなわち「人道《にんどう》」であるにもかかわらず、それは地獄であり、餓鬼道・畜生道・修羅道に堕《お》ちて苦しむ人々のすがたである。『往生要集』が描き出して見せた地獄・餓鬼・畜生・阿修羅の「火《か》・血《けち》・刀《とう》」の三途《さんず》の苦相と重なるように記述されている。

詳述するならば、「安元《あんげん》の大火」・「治《じ》承《しょう》の辻風」は、「火途《かず》」と言われる地獄と、その地獄に吹く「業風《ごうふう》」である。「辻風」に「業風」のイメージが重ねてあることは、長明みずからが「彼の地獄の業《ごふ》の風なりとも、かばかりにこそはとぞ覚ゆる」と述べていることによって明らかである。

「治承の遷都」は「刀途《とうず》」の畜生道のイメージである。畜生道の業苦は『往生要集』には、

かくの如き等《とう》の類《たぐひ》、強弱相害《がうにやくあいがい》す……いまだかつて暫《しばら》くも安らかならず。昼夜の中に、常に怖懼《ふぐ》を懐《いだ》けり……或《あるい》はもろもろの違縁に遇《あ》ひて、しばしば残害《ざんがい》せらる。

と説かれている。また畜生道に堕ちる原因については、

愚痴《ぐち》・無慚《むざん》にして、徒《いたづ》らに信施《しんせ》を受けて、他の物もて償《つぐな》はざりし者、この報《ほう》を受く。

と説かれている。『方丈記』においてはそこのところは、

人の心みな改りて、ただ馬、鞍《くら》をのみ重くす。牛・車を用《よう》する人なし。西南海《さいなんかい》の領所を願ひて、東北の庄園を好まず……

ありとしある人は、皆浮雲《ふうん》の思ひをなせり。もとよりこの所にをるものは、地を失《うしな》ひて愁ふ。今移れる人は、土木《とぼく》のわづらひある事を歎《なげ》く……

都の手振里《てぶり》たちまちに改りて、ただ鄙《ひな》びたる武士《もののふ》に異ならず。世の乱るる瑞相《ずゐさう》とか聞けるもしるく、日を経《へ》つつ世の中浮きたちて、人の心もをさまらず。

と、強弱相害《そうがい》、暫くも安らかならず、昼夜の中に怖懼《ふぐ》を懐く「刀途」の「畜生道」に堕ちた世相を記すのである。そしてこれに対する長明の批判は、

いにしへの賢き御世には、あはれみを以《もっ》て国を治め給ふ……限りある貢物《みつきもの》をさへゆる

されき。是《これ》、民を恵み、世を助け給ふによりてなり。今の世の有様、昔になぞらへて知りぬべし。

というのである。『往生要集』の「信施」は『方丈記』の「貢物」である。長明もまた、愚痴・無慚にして、いたずらに貢物を貪って、民に償うところのない為政者の悪業を衝《つ》き、それが「畜生道」の「刀途」に堕ちる因業《いんごう》であることを言おうとするのである。文旨・文脈ともに『往生要集』の本文によく重なりあうのである。

「養和《ようわ》の饑饉《ききん》・悪疫」は「血途」の「餓鬼道」である。「餓鬼道」に堕ちた人間の受ける惨苦の相がつぶさに描かれる。この部分の長明の筆致には「ねばっこさ」を感じさせるものがある。飢えに苦しむ人々のすがたに、人間の受けるべき苦悩の数々を尽《つ》くそうとするもののようである。

『往生要集』に、

第五に、人道《にんだう》を明《あか》さば、略して三《みつ》の相あり。審《つまびら》かに観察すべし。一には不浄の相、二には苦の相、三には無常の相なり。

といって、この三相について詳説する。長明が、

　飢ゑ死ぬるもののたぐひ、数も不知《しらず》。取り捨つるわざも知らねば、くさき香《か》世界にみち満ちて、変《かは》りゆくかたち有様、目もあてられぬこと多かり。

と言っているのは、『往生要集』が、「究竟《くきょう》の不浄」として説くところの人間の「不浄の相」であり、長明が、

　世人《よひと》みなけいしぬれば、日を経つつ、きはまりゆくさま、少水《せうすい》の魚《うを》のたとへにかなへり。

と言っているのは、『往生要集』が「無常の相」として、『出曜経《しゅつようきょう》』を引いて、

　この日已《すで》に過ぎぬれば、命即ち減少す。小水の魚の如し。これ何の楽かあらん。

と言うところにかない、また、長明が、

　二年があひだ、世の中飢渇《けかつ》して、あさましき事侍りき。或は春、夏ひでり、或は秋、大風、洪水など、よからぬ事どもうち続きて、五穀ことごとくならず……あまりさへ疫癘《えきれい》うちそひて、まささまに、跡かたなし。

と言っているのは、『往生要集』が人間の「苦」の相を説いて、『宝積経《ほうしゃくきょう》』を引き、

　この身を受くるに、二種の苦あり……かくの如く、四百四病、その身に逼切《ひきせつ》するを、名づけて内苦となす。
　また外苦あり……寒熱・飢渇・風雨、ともに至りて、種々の苦悩、その身に逼切す……これを名づけて外苦となす。

と、「内苦」・「外苦」の「二種」の苦を説く。長明が言う「寒熱・飢渇・風雨ともに至」るさまは『往生要集』に言う「外苦」の相であり、「あまりさへ疫癘うちそひて」とその惨状を叙するのは「内苦」に苦しめられる相を述べたものと読まれる。この「養和の饑饉・悪疫」を叙

する長明の筆致のねばりは、『往生要集』に説かれる「人道の三の相」すなわち「不浄の相・苦の相・無常の相」を、餓鬼道に堕ちた人間世界について「審らかに観察」しようと意図したところから来ているものであろう。

以上、長明が体験し、観察した人間世界はそのまま『往生要集』に説かれる「火・血・刀」の三途、「地獄・餓鬼・畜生」の三悪道にほかならなかった。

最後の「元暦《げんりやく》二年の大地震」については、『方丈記』が、

家の内にをれば、忽《たちま》ちにひしげなんとす。走り出《い》づれば、地割れ裂《さ》く。羽なければ、空をも飛ぶべからず。龍《りう》ならばや、雲にも乗らむ。恐れのなかに恐るべかりけるは、只《ただ》地震なりけりとこそ覚え侍りしか。

と、避け遁れる所のない地震の恐ろしさを述べる。ここはあるいは『往生要集』が「人道」の「無常の相」を説いて、

当《まさ》に知るべし、もろもろの余《よ》の苦患《くげん》は、或は免《まぬか》るる者あらんも、無常の一事は、終《つひ》に

避くる処なきを……止観（註・『摩訶止観』巻七上）に云《い》ふが如し。

「……もし無常の、暴水・猛風・掣電《せいでん》よりも過ぎたることを覚《さと》らんも、山に海に、空に市に、逃れ避くる処なし。」

と、有名な「山海空市、逃れ避くる所なし」という『摩訶止観』の要文を引用するのであるが、長明は、あるいは『往生要集』のこの部分をふまえているのかもしれない。

『方丈記』は地震についての先に引いた部分につづけて、

四大種のなかに、水、火、風は常に害をなせど、大地にいたりては、ことなる変《へん》をなさず。昔、斉衡《さいこう》のころとか、大なゐふりて……なほこの度にはしかずとぞ。

と述べ、ただちにこれにつづけて、

すなはちは、人みなあぢきなき事をのべて、いささか、心の濁りも薄らぐと見えしかど、月日かさなり、年経にしのちは、ことばにかけて言ひ出づる人だになし。

とつづけていく。この文脈は、『往生要集』が「厭離穢土」の章を結ぶところの「第七　惣結」の段の文脈に対応する。『往生要集』の文脈は、

第七に、惣じて厭相を結ぶとは、謂《いは》く、一篋《いちけふ》は偏《ひとへ》に苦なり。耽荒《とんこう》すべきにあらず。四《よつ》の山合《あは》せ来《きた》りて避け遁るる所なし。

（註・地水火風の四大元素の結合によって作られた人間の身は、ひとえに苦そのものである。楽しみにふけることは許されない。四大は常に調和を失い、われわれの身を残害するのであって、避け遁れる所はないのである。）

この文章にただちにつづけて、

しかるにもろもろの衆生は貪愛《とんあい》を以て自《みづか》ら蔽《おほ》ひ、深く五欲に著《ちやく》す。常《じやう》にあらざるを常と謂《い》ひ、楽《らく》にあらざるを楽と謂ふ。

と述べる。両者の論旨の展開の一致は、偶然とは見なしたくないのである。『往生要集』が「六道の無常・苦・不浄」の相を観察して、「一篋は偏に苦なり……四の山合せ来りて避け遁る る所なし」と惣結するのに対して、『方丈記』は「四大種の災厄」の最後に地震を置き、空にも地にも、海にも山にも「避け遁るる所なし」という人間世界の惨苦の相を強調して、「惣結」としているのである。

『方丈記』のこの「四大種の災厄」を叙する部分を、加藤盤斎は、『三界義《さんがいぎ》』に説かれる「大小の三災のすがたを用ふる」ものであったと釈している。『三界義』は「小の三災」として「饉《きん》災・病災・刀兵《とうびやう》災」、「大の三災」として「火災・水災・風災」をこの順序にあげて、その災厄の相を説明している。盤斎は、『方丈記』の叙述はこれに依ったのだと言い、「三災の次第、本文にあはざる事は、此の記には、時代の次第にまかせてかけるゆへなり」と言う。敬服させられる説である。しかし、それでは長明の構想の一貫性を追究することが出来ないのである。長明が座右の書とした『往生要集』の「厭離穢土」の章の要文により、「極略観」「略観」「広観」と展開して、人間世界の中に六道の「無常・苦・不浄の相」を観察し、みずからの「厭離穢土」の志をはげまそうとしたものであると読む方が、〔第一大段〕ばかりでなく、『方丈記』全巻の構想の説明が一貫し、徹底するのである。

5　〔後段〕の解釈 ―― 所と身と心、苦相と苦観、自問

〔第一大段〕〔本論部〕の〔後段〕は、「若《も》し、おのれが身、数ならずして、権門《けんもん》のかたはらにをるものは」に始まり、「いづれの所を占めて、いかなる業をしてか、しばしも此の身を宿し、たまゆらも心を休むべき」にいたる比較的短小な部分である。短小な文段であるだけに、特徴的な語彙が目立つのであって、それは「身」と「心」である。

この文段の内容は、「所」と「身」と「心」とである。それは、この大段の〔前段〕の末尾にしるされた要約の結語に見られるものなのであって、この〔後段〕は、〔前段〕が「世の中のありにくく、わが身と栖との、はかなく、あだなるさま」を述べたのに対し、「おのれが身」、すなわち自己一身に即して「所により、身のほどに随《したが》ひつつ、心を悩ます事」を「あげてか

ぞ」えようとしたものである。

「安からず」「恐れをののく」「苦し」というのがその身と心の様相である。この〔後段〕は「無常の相」については言わない。もっぱら逼迫の「苦の相」である。そしてこの〔後段〕は正確に〔第二大段〕、日野山の閑居の楽しみを述べる部分の〔後段〕に対応する。

読者・論者ことごとく『方丈記』を、その冒頭の美文によって、「無常感の文学」であると言う。しかし、長明の「世の中」「栖」「身と心」、すなわち社会・人生の観察は、「無常の相」以上に「苦の相」を観察・痛感するものになっている。「はかなく、あだなるさま」というよりも「安からず」「身、苦し」というすがたを訴え、それからの脱却を追求して徹底していったのであり、「苦」に対する「楽」の追求である。そしてそれは「無常観」以上に、「苦観」に基づく追求である。端的に言えば、『方丈記』の内容は「無常から常へ」という追求であると言ったのでは、あまりに間接的であり、迂遠《うえん》である。「苦から楽へ」という追求であるというのが直接的であり、作品の実際に即する。『方丈記』は「無常感の文学」である以上に、「苦感の文学」である。

仏教における「無常相」「無常観」というのは、仏法修業における効果的な方法として論理的に設定された、多分に思弁的な観察法である。それに対して「苦相」「苦観」というのは、五官を備えた人間を圧迫する感覚・感受性の必然であり、直接・現在の刺激である。『方丈記』の、読む者に迫ってくる痛切さ、リアリティをささえているものは、無常感以上に、現前逼迫の「苦相」、「苦観」である。

第二章　長明の欣求浄土

――日野山浄土の十楽の詠嘆

1　〔第二大段〕の構成――〔序段〕と〔本論部〕

〔第二大段〕は、日野山草庵における長明の「欣求浄土」の生活と志向を叙する。

この〔第二大段〕もまた〔第一大段〕と同様の構成をもつ。〔序段〕と〔本論部〕に分たれ、〔本論部〕は、〔前段〕と〔後段〕に分かれる。

〔序段〕

「わが身、父方の祖母の家を伝へて」に始まり、「むなしく大原山の雲にふして、又、五かへりの春秋《しゆんしう》をなん経《へ》にける」にいたる一段は、〔第二大段〕の序分（31頁参照）をなす。「日野山の奥に跡をかく」すにいたるまでの五十五年間の、「たがひめ」多く、ついに「家を出でて、世を背《そむ》」くにいたるところを略述し、〔本論部〕を呼び出す序分とする。

〔本論部〕

〔前段〕は、「ここに、六十《むそぢ》の露消えがたに及びて、更《さら》に、末葉の宿りを結べる事あり」というに始まり、「いはむや、深く思ひ、深く知らむ人のためには、これにしも限るべからず」と述べるにいたる部分である。

〔後段〕は、「おほかた、この所に住みはじめし時は、あからさまと思ひしかども」というに始まり、「閑居の気味《きび》も又同じ。住まずして誰かさとらむ」にいたる部分である。

2 〔本論部〕〔前段〕の詳説 ―― 念仏行と楽遊、遊行

〔前段〕の部分は、これを〔前半部〕・〔後半部〕の二段に区分することが出来る。

〔前半部〕は、「ひとり調べ、ひとり詠じて、みづから情《こころ》を養ふばかりなり」までである。

この〔前半部〕の内容・構成を詳説すれば、まず、「仮の庵《いほり》のありやう、かくのごとし」と、方丈草庵について極めて具体的に説明する。その説明は簡潔で要領よく、読者は説明に従って草庵の見取図を描くことが出来る。研究者たちは、この「仮の庵のありやう」を説明する部分と、『発心集』巻五「貧男差図《ひんなんさしづ》を好む事」の両条によって、長明の建築設計者としての才能を言い、また、〔第一大段〕の「治承四年の都遷《うつ》り」の条の記述とあわせ読んで、長明が都市計画の特殊技術者だったのではないかと推定するほどの、見事な説明である。

つづいて『方丈記』は、「その所のさま」を叙する。その叙述は、まず草庵の近辺に始まり、遠景となる勝景に筆を及ぼす。耳目にふれる山中の景気を際立った対句の美文をもって詠嘆するのである。「山中の景気、折につけて、尽くる事なし」というのが、後にまとめられる要旨となる。

この「仮の庵のありやう」・「所のさま」を叙する部分で注目されるのは、「山中の景気」を讃美しながら、同時に長明自身の念仏行《ぎょう》と楽遊《がくゆう》についての叙述を織りこんでいる点である。詳しく見ていく。

「仮の庵のありやう」は、「阿弥陀の絵像を安置し、そばに普賢《ふげん》をかき、前に法花経をおけり」と記し、「往生要集ごときの抄物《せうもつ》を入れたり」と記すことによって、この草庵が簡略なものであっても、「念仏道場」にほかならないことを示す。さらに阿弥陀仏と『法華経』を斎持《さいじ》し、念仏・読経《どきょう》するということは、欣慕《きんぼ》する同族、慶滋保胤の先蹤《せんしょう》に倣うことであった。『本朝文粋《もんずい》』巻十に保胤の文章を収める。

暮秋《ぼしう》、勧学会《くわんがくゑ》。禅林寺に於《おい》て法華経を講ずるを聴《き》き、同じく聚沙為《しうさゐ》仏塔を賦《ふ》す。

慶保胤

という長い題言をもち、

方今《はうこん》、一切衆生をして、仏知見《ぶつ》に入らしむるは、法華経より先なるはなし。故に心を起《おこ》して 掌《たなごころ》を合はせ、その句偈《くげ》を講じ、無量の罪障を滅す。極楽世界に生ずるは、弥陀仏より勝《まさ》れるはなし。故に口を開きて声を揚《あ》げ、其《そ》の名号《みやうごう》を唱ふ。……（原漢文）

と勧学会《かんがくえ》の講讃と詩賦《しふ》を記す。阿弥陀仏の絵像と『法華経』を斎持するということは、勧学会、慶滋保胤の信仰に同じようとするものである。

さらに「そばに普賢をかき」という普賢菩薩は、『往生要集』においては往生極楽の願行《がんぎょう》の願主とされ、『法華経』においては法華行者《ぎょうじゃ》の守護者とされ、『法華経』の結経《けつきょう》とされる『普賢観経《ふげんかん》』において、またこの『普賢観経』が儀軌《ぎき》化されたものとしての『法華三昧懺儀《さんまいせんぎ》』において、懺悔《さんげ》滅罪の行における懺悔主とされている。普賢菩薩は、念仏行・法華信仰・懺悔行の行者にとっての同朋菩薩だったのである。普賢菩薩が懺悔滅罪を祈るときの願主であったということは、やがて、『方丈記』の〔第三大段〕を解釈する際の重要な手がかりとなるはずのものである。『方丈記』の一本に「普賢」を「不動」としているものがある。長明が同朋菩薩として選んだものが、密教の使神とされる不動明王であったはずはない。「普賢」であってこそ『方丈記』の全巻の内容に照応しうるのである。

日野山草庵の什物《じゅうもつ》である「和歌、管絃……ごときの抄物《せうもつ》」、「琴、琵琶おのおの一張」もまた、念仏結社でありながらまた「風月詩酒の楽遊《がくゆう》」とも評せられた勧学会の風流を継承しようとする長明にとっては、欠くことの出来ないものであったと理解されよう。

「所のさま」を述べる条に、「水を溜《た》めたり」「林の木近ければ」「西晴れたり。観念のたより、なきにしもあらず」と叙するところは、『観無量寿経』の浄土観想の「十六観」のうちの「水想観」・「樹想観」・「日想観《にっそう》」を意識しながらの叙述であったと読むことが出来る。

長明が、「若《も》し、念仏もの憂く、読経まめならぬ時は……ひとり調べ、ひとり詠じて、みづから情《こころ》を養ふばかりなり」と草庵の日常の生活を述べるところは、念仏と『法華経』読誦《どくじゅ》の勤行《ごんぎょう》と、和歌・管絃の楽遊をいうのであって、まさに勧学会の先蹤に倣うものにほかならない。

ここまでが〔前半部〕であり、「仮の庵のありやう」と「所のさま」を言い、長明の念仏行と閑居の楽遊を叙するのである。

〔後半部〕は、「又、ふもとに一つの柴の庵あり」から、「いはむや、深く思ひ、深く知らむ人のためには、これにしも限るべからず」までである。草庵遠辺の勝地と、長明の遊行《ゆぎょう》を述べる。この部分は『無名抄』の故実記録、たとえば、「二二　関明神《せきのみょうじん》」や「三六　猿丸大夫墓」等に示されている、長明の古人の旧蹟についての関心や探訪が思いあわされる。この〔後半部〕に挙げられるのは、多く仏寺・墓所なのであって、長明の遊行はこれまた念仏行の一種としての遠行《おんぎょう》の「行道念仏」でもあったと読むべきであろう。遊行と念仏ということになる。また、

かしこに小童《こわらは》あり。時々来たりて、あひとぶらふ。若し、つれづれなる時は、これを友として遊行《ゆぎやう》す。

と述べるところは、「池亭記」の、

若し、余興《よきよう》あれば、児童と小船に乗り、舷《ふなばた》を叩《たた》き、棹《さを》を鼓《こ》す。若し余暇あれば、僮《とう》僕《ぼく》を呼び、後園《こうゑん》に入りて、以《もつ》て糞《ふん》し、以て灌《そそ》ぐ。

と嬉遊《きゆう》する一節も思いあわせることが出来よう。盤斎ではないが、官人保胤の嬉遊は狭く園内にとどまり、遁世者長明の遊行は遠く勝地を探るのである。

3　〔後段〕の構成と要旨 —— 自答、身土観、五妙境界の楽

〔第二大段〕〔本論部〕の〔後段〕を詳説する。内容と文形から正確に四つの小段を指摘することが出来る。

〔第一小段〕「おほかた、この所に住みはじめし時は」に始まり、「愁《うれ》へ無きを楽しみとす」まで。

〔第二小段〕「惣《すべ》て、世の人の栖《すみか》を作るならひ」から、「誰を宿し、誰をか据《す》ゑん」まで。

〔第三小段〕「夫《そ》れ、人の友とあるものは」に始まり、「只《ただ》、わが身ひとつにとりて、昔、今とをなぞらふるばかりなり」まで。

〔第四小段〕「夫れ、三界《さんがい》は、只《ただ》心ひとつなり」から、「住まずして誰かさとらむ」まで。

各小段の主題はその小段の「はじめ」か「おわり」のセンテンスの中に、はっきり示されている。〔第一小段〕は「所」、〔第二小段〕は「栖」、〔第三小段〕は「身」、〔第四小段〕は「心」である。長明はここで『方丈記』において人間観察法として設定した観点をあからさまに示してみせたのである。その設定された観点はまた叙述の構成の骨組みでもあった。

長明が設定した、「所」・「栖」・「身」・「心」という四つの観点は、この著者の「はじめに」の条に述べたとおり、仏教の特徴的な世界観察法なのであって、「依正観《えしょうかん》」・「身土観《しんどかん》」と言われるものである。『方丈記』はその〔序文〕のはじめから、厭離穢土の章としての〔第一大段〕も、欣求浄土としての〔第二大段〕も、この「依正観」・「身土観」によって「所・栖・身・心」の苦相と楽相を繰り返し繰り返し、あるいは叙情的に、あるいは写実的に、あるいは論理的に、詠嘆し叙述して来たのであった。

この〔後段〕は、これまで繰り返された「身土観」の結びとなっているのであり、〔第一大段〕、「厭離穢土」の章の「四大種の災厄」につづく〔後段〕、「若《も》し、おのれが身、数ならずして」と始まって、「おのれが身」の逼迫《ひっぱく》の苦相を叙する部分に対応するのであって、その部分の解決を示し、その部分の最後にまとめられている「自問」に対する「自答」となっている。この〔後段〕の要旨は、「ただ、仮の庵のみ、のどけくして恐れなし」ということなので、日野山の草庵と、その閑居生活について、「所・栖・身・心」の安楽相を叙する。つまり、日野山草庵の依正・身土の功徳を自讃したのである。

この〔後段〕は、ことごとに「世の人」と「われ」とを対置し、はなはだ狷介《けんかい》な態度で「世の人」のあり方を否定し、現在の「われ」のあり方を自負、自讃する。その筆致は理詰めで、言わばむきになっての力説である。その力み方は、「三界唯一心《ゆいいっしん》、心外無別法《しんげむべつほふ》」と『華厳経《けごん》』をふりかざす〔第四小段〕にいたって、きわまれりという感がある。

長明のこの狷介さ、ひたむきな態度は、傍目《はため》からは、「こはごはしき心」、「あまりにけちえんなる心」と感じられる体《てい》のものである。「誰《たれ》を宿し、誰をか据ゑん」、「いかが他の力を借るべき」、「帰りてここにをる時は、他《た》の俗塵《ぞくぢん》に馳《は》する事をあはれむ」、「若し、人この言へる事を疑はば」と言う。長明の孤独で、妥協を知らぬ強情一徹の心情がよくあらわれた部分である。

源家長の日記は長明の出家時の心情を次のように評する。

うつし心ならずさへおぼえ侍りし。さてかきこもり侍るよし、ただ事ともおぼえず……

「げにやみ山」（註・住み侘びぬげにやみ山の槇《まき》の葉に曇るといひし月を見るべき　長明）とよめる、哀れによの人申しあへり。されど、さほどにこはごはしき心なれば、よろづ打ち消つ心地してぞおぼえ侍りし。

大原に行《おこな》ひすまし侍ると聞《きこ》えしぞ、あまりにけちえんなる心かなとおぼえしかど……

『方丈記』のこの部分で見せた長明の心情も、家長が評するとおりの、常識では考えられない妥協のない一徹さの昂《たかぶ》りである。

『往生要集』の「大文第二　欣求浄土」の章が挙げる「浄土の十楽《じゅうらく》」と、日野山浄土の身土の楽を述べる『方丈記』の〔第二大段〕・〔本論部〕の〔前段〕との対応を求めれば、『往生要集』が第四の楽として挙げる「五妙境界の楽」の本文にかなうものである。

第四に、五妙境界の楽とは、四十八願もて浄土を荘厳《しやうごん》したまへば、一切の万物、美を窮《きは》め妙を極《きは》めたり。見る所、悉《ことごと》くこれ浄妙の色にして、聞く所、解脱《げだつ》の声ならざることなし。香《かう》・味《み》・触《そく》の境も亦《また》かくの如し……これ等《ら》のあらゆる微妙《みめう》の五境は、見、聞き、覚《さと》る者の身心をして適悦《てきえつ》ならしむといへども、しかも有情《うじやう》の貪著《とんぢやく》を増長せしめず。

と総説する。長明の日野山浄土の身土についての美文による描写の本旨はここにあったと読まれるのである。『往生要集』はこの「総説」につづけて、「地の相」・「宮殿の相」・「水相」・「樹林」・「虚空《こくう》」・「妙香《めうがう》」・「食《じき》」・「衣服《えぶく》」・「四季」の順序でその微妙《みみょう》の相を讃美する。典拠としたのは「浄土三部経」等であると言う。長明が「食」と「衣服」について叙するのは〔後段〕の〔第三小段〕である。探して見あたらないのは「妙香」該当の叙述だけである。

4　長明の誇負 ―― 快楽無退の楽と八苦

〔後段〕の『往生要集』本文との対応は、隠微なようであって実は厳しい対応である。『往生要集』の第五の楽として挙げる「快楽《けらく》無退の楽」である。

処はこれ不退なれば永《なが》く三途《さんづ》・八難の畏《おそれ》を免れ、寿《いのち》もまた無量なれば終《つひ》に生《しやう》老病死の苦なし。

と『往生要集』は言う。長明ならば、これは、おのづから、事の便りに都を聞けば、この山にこもりゐてのち、やむごとなき人のかくれ給へるも、あまた聞ゆ。まして、その数ならぬたぐひ、尽くしてこれを知るべからず。たびたび、炎上《えんしやう》にほろびたる家、又、いくそばくぞ。ただ、仮の庵のみ、のどけくして恐れなし。

と言うところである。これはまさに、生《しょう》・老・病・死の苦なく、三途・八難の畏れなしと誇負する文章にほかならない。この長明の誇負を黙って見すごせない読者も登場することになる。『往生要集』の文章は更につづけて、四苦を八苦に拡げる。

心《しん》・事《じ》相応すれば愛別離苦なく、慈眼《じげん》もて等しく視《み》れば怨憎会苦《おんざうゑく》もなし。白業《びやくごふ》の報《ほう》なれば求不得苦《ぐふとくく》なく、金剛の身なれば五盛陰苦《ごじやうおんく》もなし。

『方丈記』の「惣《すべ》て、世の人の栖を作るならひ、必ずしも身のためにせず」というところから、「糧乏《かてとも》しければ、おろそかなる報《ほう》をあまくす」と述べる部分は、愛別離苦・怨憎会苦・求不得苦のないことを言おうとしたものと読まれる。

今の世の習ひ、此《こ》の身の有様、伴ふべき人もなく、頼むべき奴《やつこ》もなし。縦《たと》ひ、広く作れりとも、誰《たれ》を宿し、誰をか据ゑん。

と言うのは、おのずから愛別離苦なしということになるのであり、

只《ただ》、糸竹《しちく》、花月を友とせんにはしかず……

只、わが身を奴婢《ぬび》とするにはしかず。

と言う生活の実践は、怨憎会苦《おんぞうえく》なしという境涯を実現し得ていることになる。

衣食《えじき》のたぐひ、又同じ。藤の衣、麻の衾《ふすま》、得《う》るにしたがひて、肌《はだへ》をかくし、野辺のおはぎ、峰の木《こ》の実、わづかに命を継ぐばかりなり。

と言うのは、求不得苦《ぐふとくく》なしということである。正確にたどることが出来るのは、この「求不得

苦」までである。

人に交《まじ》はらざれば、姿を恥づる悔いもなし。糧乏《かてとも》しければ、おろそかなる報をあまくす。

と言うのが「五盛陰苦《ごじやうおんく》なし」ということになる、と断定することは少しくためらわれる。全然無関係だというわけではない。疑いを残しておくことにする。

『徒然草』第百三十七段に兼好は、

世を背ける草の庵に水石《すいせき》を弄《もてあそ》びて、これをよそに聞くと思へるはいとはかなし。静かなる山の奥、無常のかたき競《きほ》ひ来《こ》ざらんや。其《そ》の死に臨める事、戦《いくさ》の陣《ぢん》に進めるに同じ。

と記す。これは一般に、「ただ、仮の庵のみ、のどけくして恐れなし」と誇負する長明の安逸を批判したものであると読まれているのであるが、そうであったとしたら、兼好の非難はあながちなものということになる。この論文で詳説したように、『方丈記』の〔第二大段〕・〔後段〕の〔第一小段〕にこの文が記されるということは、長明にとっては、構想上の必然だったのである。この文の真意と効果は『方丈記』の全巻の文脈の中で生かされるのである。この文がなければ、次の〔第三大段〕への展開は考えられないのである。

第三章　真実の念仏

——有相の念仏の反省と無相の念仏の実修

1　〔第三大段〕の構成と内容 —— 反省・自責・祈り

〔第三大段〕は、すでに概観したように、『往生要集』に「これ最上の三昧《さんまい》なり」と説かれた「無相業《むそうごう》の念仏」の実修を綴る一巻の掉尾《とうび》の一段である。短い大段であるが、内容と文形によって三小段を区分することが出来る。


〔第一小段〕「抑《そもそも》、一期《いちご》の月影かたぶきて」から、「あたら時を過ぐさむ」まで。

〔第二小段〕「静かなる暁」から、「その時、心、更《さら》に答ふる事なし」まで。

〔第三小段〕「只《ただ》、かたはらに舌根をやとひて、不請《ふしやう》（の）阿弥陀仏、両三遍《べん》申してやみぬ」がその全文である。

各小段の形式的な内容は次のようなことになる。

〔第一小段〕反省

〔第二小段〕自責（懺悔）

〔第三小段〕祈り（念仏）

少し詳しく言えば、次のようになる。

〔第一小段〕は、「何の業《わざ》をかかこたむとする」、「草庵を愛するも、閑寂《かんせき》に着《ちやく》するも、障《さは》りなるべし」、すなわち、ひとえに穢土《えど》を厭い（第一大段）、もっぱら浄土を求める（第二大段）というのは、「事にふれて執心《しふしん》なかれ」、すなわち「有相《うそう》への執着を捨てて、畢竟空《ひつきやうくう》の第一義に入れ」と説く仏の教えに照らして、「罪障」にほかならないと反省する。その反省は「有相業《うそうごう》の念仏」に対する反省ということである。

〔第二小段〕は、仏の教えに照らし、自己の犯戒《ぼんかい》の罪障を発露《ほつろ》して自責、懺悔する。

「このことわりを思ひつづけて」と言う。このことわりを思いつづける結果、到達するのは、

「有相業の念仏」を捨てて「無相業の念仏」を追求するということでなければならない。それは「有相業の念仏」に執着する自己の罪障、その原因となる煩悩の自覚と懺悔によってのみ実修することが出来る。それが『往生要集』の説く「無相業の念仏」の実修法であった。それは懺悔行である。

「みづから心に問ひて曰《いは》く」と言う。それは自責である。犯戒の罪障の自責である。

「しかるを、汝《なんぢ》、姿は聖人《しやうにん》にて……周梨槃特《しゆりはんどく》が行《ぎやう》にだに及ばず」と言う。言うところは僅かに二つのセンテンスよりなり、文章は短いが言う内容は厳しい。それは自己の犯戒の相の発露であり、〔第二大段〕、日野山閑居の章全文の否定である。

「若《も》しこれ、貧賤《ひんせん》の報のみづから悩ますか、はた又、妄心《まうしん》のいたりて狂せるか」と言う。これは犯戒の原因となる心、すなわち煩悩の追求である。罪障を発露し、煩悩を追求するのは懺悔行《ぎやう》である。

「その時、心、更に答ふる事なし」と言う。これは、懺悔しても、凡夫《ぼんぶ》の智恵をもってしては、真の解決法を見出すことが出来ないのである。それを言うセンテンスである。凡夫は自分の力では、罪障・煩悩を解消し、解脱《げだつ》することが出来ないのである。それが、「その時、心、更に答ふる事なし」ということである。その真の解消・解脱は仏智のみがよくするところであるとされる。ここに仏教の懺悔行は、最後に仏に救護を乞うところの祈りとなる。懺悔行は、罪障の発露・罪相の追求・解脱の祈求という形式をとるのであって、それは「理懺《りせん》」と呼ばれ、『往生要集』においては「最勝の懺悔《さんげ》」であるのとともに、「最上の念仏三昧《さんまい》」とされるのである。

「その時、心、更に答ふる事なし」、この短い文が〔第三大段〕最大の難所である。というよりは『方丈記』解釈の枢機《すうき》をなす。次の〔第三小段〕の解釈は、この一文の解釈によって決定的に方向づけられ、〔第三小段〕の解釈が『方丈記』の解釈と評価を決定するからである。

〔第三小段〕については、心に「ただ願はくは諸仏、加護を垂《た》れて、能《よ》く一切の顚倒《てんだう》の心を滅したまへ」と祈念するにとどまらず、声を挙げて弥陀の名号《みょうごう》を唱《しょう》して祈ったというのがこの最終小段である。ここに挙げた祈念の詞は、『往生要集』が引用した『心地観経《しんじかんぎょう》』の「理懺」の祈りであるが、その「諸仏」というところは長明が源信に、また慶滋保胤に（法然にではない）従って選んだ「阿弥陀仏」である。〔第二小段〕において、罪障を自責し、その原因となる煩悩の根源を推求《すいぐ》しても、凡夫の分際ではそこから脱却することは不可能である。つまり解脱することは出来ない。この時は「声を挙げて仏を念じ、救護《くご》を請《こ》へ」というのが『往生要集』の教えであった。それが真の信仰者のあり方というものであろう。この最も痛切な祈りが〔第三小段〕、『方丈記』一巻の巻末に記されたのであった。

　その時、心、更に答ふる事なし。只、かたはらに舌根をやとひて、不請（の）阿弥陀仏、両三遍申してやみぬ。

という部分の解釈をまとめれば、次のようなことになる。

「このように、わが罪障を自責し、その原因となる煩悩を追求してその根源を明らかにし、一切の顚倒の心を滅却しようと思ったが、それはわが分際ではなんとしても不可能なことである。

ただ、わが信仰する阿弥陀仏の慈悲と救いを願って、声を挙げてその名号を唱えたのであった。

これは、わたくしが、この静かな暁につとめた特別の懺悔の念仏である。

これによって、わたくしは、要なき楽しみを述べた罪と、濁りにしみた心を浄《きよ》めることが出来たものと思う。」

この解釈をふまえて口訳すれば、次のようなことになる。

「こう問いつめても、私の心は答えることがなかった。私の心の解決し得ない問題である。この究極のところは弥陀の力におすがりするしかない。声を挙げて名号を唱え、わが煩悩と罪障の浄められることを祈った。」

2　〔第三大段〕の意義と効果 ―― 懺悔と念仏

各小段の考察を終り、〔第三大段〕全体の意義と効果について考えてみたい。

〔第三大段〕は、懺悔と念仏を綴ったものであると読んだ。なぜ長明が『方丈記』を、懺悔と祈りで結んだのかと言えば、第一には、これまで度々ふれて来たように、『往生要集』の浄土信仰、念仏門の教義にかなえようとしたのである。「有相業の念仏」を初地《しょじ》の凡夫のための権教《ごんきょう》とし、「無相業の念仏」を究竟《くきょう》の真理を追求する真実教とした源信の念仏教義の徹底的な追及のあとを綴ろうとするのである。それは長明の浄土信仰、念仏行の到達点を示すことなのであった。

第二には、勧学会《かんがくえ》、慶滋保胤の文学観の継承ということである。

勧学会の念仏会合《えごう》の内容は、念仏・講経と詩賦《しふ》・風月の楽遊《がくゆう》にあった。それは白楽天の先《せん》蹤《しょう》に倣《なら》うことであった。「池亭記」は言う。

予、賢主に遇《あ》ひ、賢師に遇ひ、賢友に遇ふ。一日三遇あり。

その「賢師」とは白楽天である。

唐の白楽天、異代《いたい》の師たるは、詩句に長《た》けて仏法に帰れるを以《もっ》てなり。

ということであった。白楽天を師と仰いだ保胤の理想の生活もまた、念仏と詩賦にあり、勧学会の人々の理想もまたそこにあった。白楽天を師とする人々の文学観は、当然、白楽天の文学観でなければならなかった。それは「香山寺《こうざんじ》白氏洛中集記《しゅうき》」に記される有名な一文によって示されるものである。採《と》られて、『和漢朗詠集』巻下「仏事」に収められている。

（我に本願あり。）願はくは今生《こんじやう》世俗の文字《もんじ》の業《ごふ》、狂言綺語《きぎよ》の誤りをもって、翻《かへ》して当来世々《せせ》讃仏乗の因、転法輪《てんぼふりん》の縁とせむ。

（註・「日本古典文学大系」所収の川口久雄校註『和漢朗詠集』の訓に従った。冒頭括弧内の六字は筆者が補った。）

「狂言綺語観」と言われるものである。保胤を敬慕し、「池亭記」に倣った長明の文学観もこれに同ずるものであった。『方丈記』一巻、「要なき楽しみを述べ」るにすぎず、「狂言綺語の誤り」である。『大無量寿経』に「十悪」の一つとして誡められるのである。「三途《さんづ》の闇に向《むか》わなければならない罪障である。「狂言綺語観」を奉ずる長明は、『方丈記』を記し終《おわ》ろうとする段階で、「狂言綺語の誤り」を懺悔し、その罪を浄めなければならなかった。〔第三大段〕はそのために記された懺悔文である。言わば、堕地獄を免れる免罪証を手に入れるための懺悔文である。「狂言綺語観」がつくり出した一つの文学形式ということにもなるのである。中世の文学者はみな申しあわせたように「狂言綺語の誤り」を懺悔する文を添加したのであった。そこまで言えば、この〔第三大段〕は単なる形式的な付加物としての跋文《ばつぶん》なのであるから、黙殺することも出来る。長明の本意は〔第一大段〕・〔第二大段〕にあったという論も成り立ちうるのである。しかしこの論はとることが出来ない。「静かなる暁、このことわりを思ひつづけて、みづから心に問ひて、曰く」というのは、〔第二大段〕・〔後段〕の〔第四小段〕に「若《も》し、人この言へる事を疑はば、魚《うを》と鳥との有様を見よ……住まずして誰かさとらむ」という、外に向っての昂揚《こうよう》に対する、内への沈静なのであり、しかも厳しい実感・実情に裏づけられるものとなっている。〔第三大段〕は自讃・誇負のあとにくる反省・自責であり、昂揚のあとにくる沈静なのであって、一途一徹な激情家、鋭敏な感受性の持ち主の心の動きの必然である。〔第三大段〕は、なんと言っても実質的な本文部の大尾をなし、その内容から、その筆致から、長明が心をこめて記した、掉尾の巻末本文なのである。「栖は、すなはち、浄名居士《じやうみやうこじ》の跡をけがせり」と、これまであからさまにしなかった一巻の題号の本意を顕示するのも、この大段においてである。この大段を欠いたときの『方丈記』の読後感を想定すれば事は足りると思うのである。

3　〔第一小段〕の詳説 —— 権教から真実教へ

次は〔第三大段〕における長明の、『往生要集』のまねびのあとをあとづけなければならない。すなわち長明の「仏教」である。

先に、〔第一小段〕の内容は「反省」であり、その反省の内容は、「有相業の念仏」を捨てて、「無相業の念仏」を追求することであると言った。ここのところを『往生要集』の要文《ようもん》によって詳説したい。

草庵を愛し、閑寂に着し、さては要なき楽しみを述べるという行為は、「事にふれて執心なかれ」という「仏の教え」に照らして、障り、すなわち罪障であると反省するのである。長明にとって、「今の世の有様」「此《こ》の身の有様」について、その無常と苦をかこち、それを脱却しえた日野山の閑居の安楽を述べるという行為は、「厭離穢土」・「欣求浄土」と次第する『往生要集』の念仏教義の階梯《かいてい》を実践することにほかならなかった。だが『往生要集』の念仏教義は、さらに高い段階を教示しているのである。「無相業の念仏」である。

長明がこれまで綴った「厭離穢土」・「欣求浄土」の観相や生活は、『往生要集』に、

三には有相業。謂《いは》く、或《あるい》は相好《さうがう》を観じ、或は名号を念じて、偏《ひとへ》に穢土を厭ひ、専《もつぱ》ら浄土を求むるなり。（「大文第十　問答料簡」の「第四　尋常の念相」）

と説かれているところの「有相業の念仏」なのであり、それは、

弥陀経等に、仏の名を念じ、相を観じて、浄土に生るることを求めよと勧むるは、ただ凡夫は障《さはり》重きを以《もつ》て、法身《ほつしん》の幽微《いうび》にして、法体《ほつてい》の縁じがたければ、しばらく仏を念じ、形《かたち》を観じて、礼讃《らいさん》せよと教へたるのみ。（「同」）

と説かれるところの、凡夫のための権教にすぎない。「仏の教へ給ふおもむきは、事にふれて

執心なかれとなり」と長明が言う、その教えが真実教である。真実教の立場からは、阿弥陀仏の相好《そうごう》・浄土の荘厳相にも執着してはならないのであって、それは有相《うそう》の弥陀・有相の浄土なのであり、それに執着するのはあやまった煩悩のわざである。「仏の教へ給ふおもむき」にかなうのは、源信の示す「無相業の念仏」である。

四には無相業。謂く、仏を称念し浄土を欣求《ごんぐ》すといへども、しかも身土（註・阿弥陀仏の身・極楽の国土）は即ち畢竟空（註・下の文がその註となる。）にして、幻の如く夢の如く、体に即して空なり。空なりといへども、しかも有《う》なり。有にあらず空にあらずと観じて、この無二に通達し、真に第一義に入るなり。

これを無相業と名づく。これ最上の三昧（註・念仏三昧）なり。（「同」）

みずからこれまでの観相・生活を「有相業の念仏」にとどまるものと反省した長明は、有相への執着を捨てて、「無相業の念仏」を追求しなければならないのである。「いかが要なき楽しみを述べ、あたら時を過ぐさむ」と言う「あたら（過ぐす）時」は「最上の念仏三昧」にあてられなければならない。

4 〔第二小段〕の詳説 —— 持戒、止悪修善、心の師となるべし

〔第二小段〕は、先に、仏の教えに照らし、自己の罪障を発露して、自責・懺悔する文段であると言った。その根拠となる『往生要集』の要文をさぐってみる。

静かなる暁、このことわりを思ひつづけて、みづから心に問ひて曰く、

と言ったとき、長明は「有相業の念仏」を捨てて、「無相業の念仏」に入っていることになる。『往生要集』においては、「みづから心に問」うという自責と懺悔が「無相業の念仏」の要義とされているからである。

次に、長明が、

世をのがれて山林に交《まじ》はるは、心を修《をさ》めて、道を行《おこな》はむとなり。しかるを、汝《なんぢ》、姿は聖人にて、心は濁りに染《し》めり。栖は、すなはち、浄名居士の跡をけがせりといへども、保つところは、わづかに周梨槃特が行にだに及ばず。

と自責するとき、長明は相変らず「所・栖・身・心」という四つの観点から自責していることは、一応おさえておかなければならぬことである。

「所」の山林については問題はない。仏教においては、深山幽谷は人蹤《じんしょう》を絶って悩乱なく、禅定《ぜんじょう》を修《しゅ》する最上の地とされる。

「栖」は浄名居士に倣う方丈の庵であり、これも自責の要はなかった。

「身」については、外面の姿は僧形《そうぎょう》、三宝の一なのであり、これも自責の要はない。もっぱら自責の対象となるのは、「心」の濁りと、「身」に保つところ、すなわち、煩悩と持戒である。

『往生要集』は『観仏三昧経』を引いて、念仏三昧を成就するための五条件を挙げる。

この念仏三昧、もし成就せんには五の因縁あり。一には戒を持《たも》ちて犯さず。二には邪見を起《おこ》さず。三には驕慢を生ぜず。四には恚《いか》らず嫉《そね》まず。五には勇猛《ゆうみやう》精進にして頭燃《づねん》を救《はら》ふが如くす。この五事を行じて……

（『大文第五　助念の方法』の「第四　止悪修善」）

この五事の第一の「戒を持《たも》ちて犯さず」という点については、長明は「保つところは、わづかに周梨槃特が行にだに及ばず」と自責する。文殊《もんじゅ》菩薩を凌《しの》ぐ秀才の維摩《ゆいま》と、仏弟子中最頑鈍《さいがんどん》の周梨槃特とを挙げるのは、対置強調の効果をねらうものであろうが、槃特が仏から与えられたという二句の偈《げ》も、長明の意識にあったのではなかろうか。その偈は、「口を守り意《い》を摂《せつ》し身《み》犯すこと莫《なか》れ。かくの如く行《ぎやう》ずる者は世を度《ど》することを得《う》」というのである。身《しん》・口《く》・意《い》三業《さんごう》の持戒清浄を堅く守った頑鈍の槃特にも及ばないと自責するのである。

五事の第二・三・四は、「見《けん》・慢・瞋《しん》」の三つの煩悩を起すことの誡めである。これについては、長明は「心は濁りに染めり」と総括して自責していることになる。

この部分になぜ「止悪修善」の要文を引くのかと言えば、『往生要集』・『方丈記』両者の本文が部分的に対応するばかりでなく、次々と連続して、全体的に対応していくからである。そして長明が、この「止悪修善」の条の教説にとくに心を惹《ひ》かれたことについて、明らかな証拠を示すことが出来るからである。

次に長明は、

若《も》しこれ、貧賤の報のみづから悩ますか、はた又、妄心のいたりて狂せるか。

と自己の念仏三昧の修行の成就せぬことと心の濁り、煩悩の原因を追及する。原因の追及である。

この原因追及もまた、「身」と「心」とを問題とする。「貧賤の報」とは、階級・職業・地位・財物・衣食住等の「身のほど」なのであり、「妄心のいたりて」というのは、言うまでもなく「心」の問題である。煩悩に悩み、念仏三昧が成就しない原因は、わが身の貧賤の悪報によるのか、わが妄心によるのかと原因を追及するのである。

『往生要集』の「止悪修善」の条は、先の「五事」を列挙した文章につづいて、「五事」を修めぬ犯戒《ぼんかい》の悪報を示して誡める。その「五事」の犯戒の誡めの中の第二・第三に「邪念」と「貢高《こうこう》」（註・驕慢）の悪報を示している。

観仏経（註・『観仏三昧経』）に云《いは》く、

「もし邪念及び貢高《こうかう》の法を起《おこ》さば、当《まさ》に知るべし、この人はこれ増上慢《ぞうじやうまん》にして、仏法を破滅す……異《い》を顕して衆を惑はす、これ悪魔の伴《とも》なり。かくの如き悪人は、また仏を念ずといへども、甘露の味を失《うしな》ふ。

この人は、生処《しやうしよ》には、貢高を以ての故に、身恒《つね》に卑小にして下賤《げせん》の家に生れ、貧窮《びんぐ》の諸衰、無量の悪業、以《もつ》て厳飾《ごんじき》とならん……

「貧賤の報」の原因は「邪念と驕慢」であると言っているのである。邪念・驕慢の人は念仏三昧を成就することが出来ないとも言う。過去の原因で言えば、「邪念と驕慢」の「増上慢」（註・未だ得ざるに得たりと言い、未だ証せざるに証せりと言う）であり、現在の結果で言えば、「貧賤の報」であるということになる。「貧賤の報のみづから悩ますか」と言うのは、「過去のわが邪念・驕慢の増上慢が原因となって、現在に貧賤の報をうけ、それがわが身を悩まして、念仏三昧を成就させないのであるのか」と推求《すいぐ》しているのではないかと思われる。周梨槃特ほどの徳行もないのに、維摩居士の栖に倣うというのは、たしかに増上慢なのであり、長明はこの点を自責するからである。

（はた又、妄心のいたりて狂せるか。）その時、心、更に答ふる事なし。

括弧《かっこ》つきで前文の後半部を重複させたのは、『往生要集』の要文との対比の都合を考えての事である。

自責して、わが罪障をあらわし、その罪障のよって来《きた》る所を、わが身と心に求めて推求する。このような自責と追求は、それで終るものではない。解消・解決を求めなくてはならない。その解消・解決は、仏教では「解脱《げだつ》」と言われるものである。長明の「静かなる暁、このことわりを思ひつづけて、みづから心に問ひて曰く」と言う自責と追求は、罪障の解消、煩悩からの解脱を願っての自責・追求である。

『往生要集』の「止悪修善」の条は、犯戒と煩悩を誡め、最後に煩悩の妄心からの解脱の方法を示す。

問ふ。誠《まこと》に言ふ所の如し。善業《ぜんごふ》はこれ今世《こんぜ》の所学なれば、欣《よろこ》ぶといへども、動《やや》もすれば退き、妄心《まうじん》はこれ永劫《えうごふ》に習ひたる所なれば、厭ふといへども、なほ起る。既にしからば、何の方便を以てか、これを治《ち》せん。

長明が、「妄心のいたりて狂せるか」と根源を追求してみても、「妄心はこれ永劫に習ひたる所なれば、厭ふといへども、なほ起る」のである。その妄心からの解脱は、凡夫にとっては不可能なこととされる。しかし「方便」、すなわち仮の手段、一時的な方法はあるというのであって、『往生要集』の教える、煩悩を一時的に終息させる方法は、源信の私の詞をもって示される。

応《まさ》に念ずべし、

「今、わが惑心《わくしん》に具足せる八万四千の塵労《ぢんらう》門と、かの弥陀仏の具足したまへる八万四千の波羅蜜《はらみつ》門とは、本より来《このかた》空寂《くうじやく》にして、一体無碍《むげ》なり。貪欲《とんよく》は即ちこれ道なり。恚《い》・痴《ち》もまたかくの如し。水と氷との、性《しやう》の異処《いしよ》にあらざるが如し。故に経に云《いは》く、『煩悩と菩提とは体《たい》二なく、生死《しやうじ》と涅槃《ねはん》とは異処にあらず』と云々。

我今、いまだ智火の分あらず。故に、煩悩の氷を解きて功徳の水と成すことあたはず……

すなわち、本来空寂・一体無碍・生死即涅槃・煩悩即菩提というのが究極の真理であることを思念せよと言うのである。「畢竟空」を思念し、いわゆる「不二《ふに》法門」の真理を思念せよと言うのである。それは、本文を照合すれば直《ただ》ちに納得のいくことであるが、「無相業の念仏」にほかならないのである。ただし重要な相違があるので、「無相業の念仏」においては「この無二に通達し、真に第一義に入るなり」、すなわち「通達・真入」と説かれている。だが「止悪修善」の方便は、「応に念ずべし」すなわち「応念」と言うのである。言説の教理を思念しさえすればよいのであって、「通達・真入」は要求されない。だから、「止悪修善」の条に説かれる解脱の方法は、一時的な、仮の対処法なのであり、「方便」として示されるのである。妄心の生起した場合に応ずる臨時の解消法である。

この「不二《ふに》法門」の真理は、言説の教理として思念することは出来ても、「通達・真入」することは、凡夫には不可能なことである。源信は、「我今、いまだ智火の分あらず。故に、煩悩の氷を解きて功徳の水と成すことあたはず」と思念せよと教えるのである。

長明もまた、「この無二に通達し、真に第一義に入るなり。（これを無相業と名づく。これ最上の三昧なり。）」という第一義に「通達・真入」することは、凡夫の分際としては不可能なことであったと言っているのである。それが、「その時、心、更に答ふる事なし」ということなのであった。罪障・煩悩の根源を追求してみたが、自分の智恵の分際では、究極の解答は出せなかったと言っているのである。

「不二法門」の真理は、言語の域を絶するのであるから、それを表現する方法はただ沈黙あるのみだと言う。いわゆる「維摩《ゆいま》の一黙」である。長明の「その時、心、更に答ふる事なし」と言うのは、この維摩の一黙を気取ったものであるという説が古来行われているが、この説はとることが出来ない。長明はこの直前に、自分の維摩気取りを厳しく自責しているのである。また、「維摩の一黙」は、すでに解脱して、不二法門の真理に通達・真入した人の解答であり、長明の場合は、煩悩・妄心の生起に苦しむ凡夫が、一時的な対処を講じた際の行きづまりということである。

以上、もっぱら『往生要集』の「大文第五　助念の方法」の「第四　止悪修善」の要文によって〔第二小段〕を解釈してみた。牽強《けんきょう》附会《ふかい》と非難されようが、そうではない。長明がこの「止悪修善」の条に強く惹かれたということについては明証がある。『発心集』の序文はその冒頭部が、「止悪修善」の条の要文を「下敷き」としているのである。両者を並べ掲げてみる。

『発心集』序

仏の教へ給へることあり。心の師とは成るとも、心を師とすることなかれと。実《まこと》なるかな、この言。人一期《いちご》すぐる間に、思ひと思ふわざ、悪業にあらずといふことなし。もし、形をやつし、衣を染めて、世の塵《ちり》にけがされざる人すら、そとものかせぎ繋《つな》ぎがたく、家の犬常になれたり。いかに況んや、因果の理《ことわり》を知らず、名利《みやうり》の謬《あやま》りにしづめるをや。空しく五欲のきづなに引かれて、終《つひ》に奈落《ならく》の底に入りなんとす。心あらん人、誰《たれ》かこのことを恐れざらんや。

『往生要集』(「止悪修善」)

問ふ。仏を念ずれば自《おのづか》ら罪を滅す。なんぞ必ずしも堅く戒を持《たも》たんや。

答ふ。もし一心に念ぜば、誠に責むる所の如し。しかれども尽日《ひねもす》、仏を念ぜんも、閑《しづ》かにその実《じつ》を検すれば、浄心はこれ一両にして、その余《よ》は皆濁乱《ぢよくらん》せり。野鹿《やろく》は繋ぎ難く、家狗《かく》は自《おのづか》ら馴《な》る。いかにいはんや、自《みづか》ら心を恣《ほしいまま》にせば、その悪幾許《いくばく》ぞ……

すべからくその意を知りて、常に心の師となるべし。心を師とせざれ。

両者を対照比較すれば、長明の引拠・工夫のあとは明らかである。「心の師とは成るとも、心を師とすることなかれ」という冒頭の句の根源は『涅槃経《ねはんぎょう》』にあるが、長明が直接『涅槃経』の経文によったとは考えられないのであり、『往生要集』からの間接引用と考えるべきである。

『方丈記』の〔第三大段〕、すなわち巻末大段と『往生要集』の「止悪修善」の条の要旨・要文の親縁関係、さては一致という事実と、また『発心集』序文と、同じく『往生要集』の「止悪修善」の要旨・要文の一致という事実は、『発心集』著作の動機、成立の時期を勘《かんが》えるときの有力な手がかりとなるものである。

さらに、『方丈記』の〔第三大段〕の〔第二小段〕、すなわち、「静かなる暁、このことわりを思ひつづけて」から、「心、更に答ふる事なし」までにいたる小段の長明の自責の要旨は、「止悪修善」の条に言う「しかれども尽日《ひねもす》、仏を念ぜんも、閑《しづ》かにその実を検すれば、浄心はこれ一両にして、その余は皆濁乱せり」ということであり、また『発心集』序文の冒頭部に述べられる要旨も同様である。このことは、『方丈記』と『発心集』がともに『往生要集』の浄土思想に根ざした同根の双樹《そうじゅ》であることを示唆《しさ》するし、また一方、鋭敏な長明の感受性、論理的な思考法がとらえた、源信の念仏思想の特色を浮き彫りにしてくれるのである。「常に心の師となるべし。心を師とせざれ」、源信の念仏は、自己の妄心を絶えず反省・自責する、鋭い良心の念仏であった。その真剣な反省と自責は、「仏を念ずれば、自ら罪を滅す」という念仏に安住することが出来ず、「大文第四　正修念仏」の章に加えて、「大文第五　助念の方法」を記して、犯戒《ぼんかい》と妄心を誡め、さらに犯戒の罪障の懺悔法を示すのである。正行《しょうぎょう》の正修念仏だけでなく、助行も欠くことの出来ない重要な修行だったから、助念の方法を説かぬうちは念仏の要行を惣結《そうけつ》することは出来なかった。「惣結要行」、往生極楽の要行の惣結文は、「大文第五　助念の方法」の章の末段「第七」におかれている。有名なその惣結文は、往生極楽の要行を、「大菩提心、三業（註・身・口・意の三業）の持戒、深信《じんしん》・至誠・無間《むげん》の念仏、発願心《ほつがんしん》」とおさえながら、

惣《そう》じてこれを言はば、三業を護るはこれ止善にして、仏を称念するはこれ行善なり。菩提心及び願はこの二善を扶助《ふじょ》す。

と言う。持戒と念仏を要行の本体としたのである。

その「三業を護る」止善の行、すなわち持戒についての教説が、「大文第五　助念の方法」の「第四　止悪修善」である。

長明は『方丈記』の巻末大尾に、この反省と自責の「止善」の行を記したことになる。自己のすべてを没入する「行善」の念仏行をとらず、自己の妄心を反省・自責する「止善」の持戒行をとったのである。

5　〔第三小段〕の詳説 ―― 救護を請へ、懺悔衆罪

先に〔第三小段〕は、懺悔のはての、救済を求める祈りであると言った。これを『往生要集』の要文によって確認したい。

『往生要集』の「止悪修善」の条は、「貧賤の報のみづから悩ますか、はた又、妄心のいたりて狂せるか」と、妄心のために心が一時的に悩乱されたとき、これを解消する「方便」を説いた。「煩悩即菩提」という不二門の理法を思念せよと教えるのである。しかし、その理法は言説の教えとして思念することは出来ても、凡夫の智恵の分際では「通達・真入」することは出来ないものであることを思念せよ、と教えた。

経に云《いは》く、「煩悩と菩提とは体《たい》二なく、生死と涅槃とは異処にあらず」と云々。我今、いまだ智火の分あらず。故に、煩悩の氷を解きて功徳の水と成すことあたはず。

ということであった。それでは煩悩を自責したために起《おこ》る悩乱は解消しないわけである。「止悪修善」の文章は次のようにつづけられる。

「願はくは、仏、我を哀愍《あいみん》して、その所得の法の如く、定《ぢやう》・慧《ゑ》の力もて荘厳《しやうごん》し、これを以《もつ》て解脱《げだつ》せしめたまへ」と。

かくの如く念じ已《をは》りて、声を挙げて仏を念じ、救護《くご》を請《こ》へ。

わが智力の分際の及ばぬところを、仏の加護にすがれと教えるのである。

「声を挙げて、仏を念じ、救護を請」うという祈りの効果、功徳はどこにあるのかと言えば、『往生要集』の本文はただちにつづけて、

止観に云ふが如し。

「人の重きものを引くに、自力にて前《すす》まずは、傍《かたはら》の救助《くじよ》を仮りて、則ち軽く挙ぐることを蒙《かうむ》るが如し。行人《ぎやうにん》もまたしかり。心弱くして、障《しやう》を排《はら》ふことあたはずは、名《みな》を称して護りを請ふに、悪縁も壊《え》することあたはず」と。

と、『摩訶止観』巻二上の「常坐三昧」の文を掲げる。この場合、口で唱え、「声を挙げて仏を念ず」という行為は、どういう点で「傍の救助」になるかと言えば、『摩訶止観』の説明は、

風は七処に触れて身業《しんごふ》を成《じやう》じ、声の響《ひびき》は唇《くちびる》を出でて口業を成じ、この二、よく意を助けて、機を成じ仏の俯降《ふかう》を感ず。

と言う。声を挙げて仏を念ずるので、その声の風が自分の七処、すなわち全身を刺激して、身業としての念仏になり、舌根を使って念仏するので、口業の念仏になり、この身業と口業の念仏が、心中に仏を念ずる意業の念仏を「傍から救助して」念仏行を完全なものにし、阿弥陀仏を見ること、すなわち往生極楽が出来るというのである。理詰めのこじつけとしか思えないような説明である。しかし、長明もまたこれに従って、理詰めの叙述をしている。

只、かたはらに舌根をやとひて、不請（の）阿弥陀仏、両三遍申してやみぬ。

と言うのは、心の中で「願はくは、仏、我を哀愍して……解脱せしめたまへ」と仏を念じ、その意業の念仏だけでは「心弱くして」、「自力（註・意業の自力である）にて前《すす》まず」ということであったので、意業の「かたはらに舌根をやとひて」、「声を挙げて仏を念じ、救護《くご》を請」うたと言っているのである。

「かたはらに舌根をやとひて」と、長明がわざわざことわっているのは、このような意味をもっているのであって、それはこの口唱《くしょう》念仏が、『往生要集』の「止悪修善」の条に説かれている特殊な念仏、すなわち一時的に妄心が身心を悩乱した場合、それを解消する「方便」、緊急対処法として唱えた念仏であることを言おうとしているのである。緊急対処法の唱名念仏であるから、「不請の念仏」であってよいのである。この点については後条で詳しく考察する。

心・身の悩乱を自責し、妄心・煩悩からの解脱を祈ることは、同時に懺悔の行ともなる。『往生要集』の「止悪修善」の条は、妄心の悩乱の解消法を説いた。妄心・煩悩は身・口・意の悪業となってあらわれる。悪業となってあらわれた罪障はどうすれば消滅するか。源信は懇切に「第四　止悪修善」につづいて、犯してしまった悪業の罪障の消滅法を説いた。「第五懺悔衆罪」である。

第五に、懺悔衆罪《さんげしゅざい》とは、もし煩悩の為にその心を迷乱して禁戒を毀《やぶ》らんには、応《まさ》に日を過《す》ごさずして、懺悔を営み修《しゅ》すべし。大経《だいきやう》（註・『涅槃経』）の十九に云ふが如し。

「もし罪を覆《かく》せば、罪則ち増長す。発露《ほつろ》懺悔すれば、罪即ち消滅す」と。

また、大論（註・『大智度論』）に云《いは》く、

「身《しん》・口《く》の悪を悔いずして仏を見たてまつらんと欲するも、この処《ことわり》あることなし」と。

懺法《さんぼふ》、一にあらず。楽《ねがひ》の随《まま》にこれを修せよ。

と教える。

「楽の随にこれを修せよ」と言いながら、「理《り》の懺悔」が最勝の懺悔法であり、「真実の念仏三昧」であると言って、『心地観経』の経文を掲げて、これを「理の懺悔」の懺悔法の実例とする。

心地観経に、理の懺悔を明《あか》して云く、

「一切のもろもろの罪性《ざいしやう》は、皆如《によ》（註・真如）なり。顚倒《てんだう》の因縁妄心《まうじん》より起《おこ》る。かくの如き罪相は本より来《このかた》空《くう》にして、三世《さんぜ》の中に得《う》る所なし。内《ない》にあらず外《げ》にあらず中間《ちゆうげん》にあらず。性《しやう》・相《さう》は如々《によによ》（註・真如）にして倶《とも》に動ぜず。真如の妙理は名言《みやうごん》を絶ち、ただ聖智《しやうち》のみありて能《よ》く通達す。有《う》にあらず無にあらず有無にあらず、有無ならざるにもあらず。名相《みやうさう》を離れ、法界《ほつかい》に周徧《しうへん》して生滅《しやうめつ》なく、諸仏は本より来《このかた》同一体なり。ただ願はくは諸仏、加護を垂《た》れて、能《よ》く一切の顚倒の心を滅したまへ。願はくは我早く真性《しんしやう》の源を悟りて、速かに如来の無上道を証せん」と。

『心地観経』のこの経文は難解きわまりなく、まさに「聖智のみありて能く通達す」というものである。しかし、この経文の要旨は、先に引用した「止悪修善」の条の、「応に念ずべし云々」という、祈念と口唱念仏を勧める要文と同一のものであるということ、さらには、「大文十　問答料簡《りやうけん》」の章の「無相業の念仏」を説明する文章と同一趣旨のものであることは理解出来る。

『心地観経』の難解なこの経文の要旨は、この経文の引用につづく『往生要集』の問答によって、どうにか要点をおさえることが出来る。

問ふ。ただ仏を観念するに、既に能《よ》く罪を滅す。何が故ぞ、更《さら》に理の懺悔を修するや。答ふ。誰《たれ》か言ふ、「一々にこれを修せよ」と。ただ意楽《いげう》に随《したが》はんのみ。いかにいはんや、もろもろの罪性は空にして所有《しよう》なしと観ずるもの、即ちこれ真実の念仏三昧なるをや。華《け》厳《ごん》の偈《げ》に云ふが如し。

「現在は和合にあらず。去《こ》・来《らい》も亦《また》また然《しか》り。一切の法の無相なる、これ即ち仏の真体なり」と。

仏蔵経の念仏品に云《いは》く、

「所有なしと見るを名づけて念仏となし、諸法の実相を見るを名づけて念仏となす。分《ふん》別《べつ》あることなく、取《しゅ》もなく捨《しゃ》もなし。これ真の念仏なり」と。

これによれば、「もろもろの罪性・罪相は空・無相であり、一切の法が空・無相なのであり、それが仏の真体である」と観ずることが真実の念仏三昧であるというのである。したがって、「理の懺悔」こそは「真実の念仏三昧」であり、それが源信の言う「無相業の念仏」にほかならないのであった。源信の言う「懺悔衆罪」とは、「もし煩悩の為にその心を迷乱して、禁戒を毀《やぶ》らんには、応に日を過さずして、懺悔を営み修すべし」、罪を「発露《ほつろ》懺悔すれば、罪即ち消滅す」ということであり、その懺悔法としては、空・無相の観としての「理の懺悔」が最勝であるというのである。ここまでたどってくれば、「懺悔衆罪」の法門とは、「止悪修善」の法門と同一のものなのであり、ともに身・口・意の「三業を護る」ところの「止善」の行なのであることを知るのである。

長明に即して言えば、先の〔第二小段〕にみずからの持戒・煩悩を発露し、その根源を追求するという自己追究、自責は、「その時、心、更に答ふる事なし」というところからすれば、「止悪修善」の法門の行であるが、同時にそれは「懺悔衆罪」の法門の懺悔行にほかならなかった。ともに空・無相を観じ、最後に「願はくは、仏、我を哀愍して」、あるいは「ただ願はくは諸仏、加護を垂れて」と、解脱を祈り求めるのである。

自己の妄心・罪障の解脱・滅罪を祈るときの念仏は、特別の念仏なのであった。それは妄心が生起し、犯戒《ぼんかい》が行われて、心身が悩乱するときの即時当座の懺悔において行われる念仏であり、日常尋常の念仏ではない。

日常尋常の念仏行について、『往生要集』はその行法の順序を教える。

行者は常に当《まさ》に三事を修すべし。大論（註・『大智度論』）に云ふが如し。
「菩薩は必ず、すべからく昼夜六時に、懺悔と随喜と勧請《くわんじやう》との三事を修すべし」と。
五念門の中の、礼拝《らいはい》の次に、応《まさ》にこの事を修すべし。
（「大文第五　助念の方法」の「第五　懺悔衆罪」）

そして、その「懺悔・随喜・勧請」の行の内容を示す偈文を掲げている。
この「三事」は、「五念門の中の、礼拝の次に、応にこの事を修すべし」と説かれるのであるから、日常尋常の念仏行は次のような行法次第によって行われることになる。

一　礼拝門
（これ即ち三業相応の身業なり。一心に帰命《きみやう》して五体を地に投げ、遙かに西方の阿弥陀仏を礼したてまつるなり。）

二　讃歎《さんだん》門
（これ三業相応の口業なり。……常に応に心に憶念し、偈を以て称讃すべし。）

三　観察門《くわんざつ》

（省略）

「作願《さくぐわん》・廻向《ゑかう》の二門は、もろもろの行業《ぎやうごふ》に於《おい》て、応《まさ》に通じてこれを用ふべし」と言われているから、「三事」を加えた日常尋常、昼夜六時の正修念仏の行は、

〔礼拝〕・懺悔・随喜・勧請・〔讃歎〕・〔観察〕

と次第されることになる。

このうち、「口業」の行、すなわち口唱《くしょう》の行とされるのは讃歎門である。そして讃歎の前に「勧請」の儀が行われなければならないことになる。

「勧請」とは『往生要集』に引く『十住毘婆沙論《びばしゃろん》』の偈《げ》によれば、

十方の一切仏の、現在成仏したまへる者に、我請《こ》ひたてまつる、法輪を転じて、もろもろの衆生を安楽ならしめたまへ、と。

十方の一切仏の、もし寿命を捨てんと欲したまはば、我いま頭面《づめん》に礼《らい》し、勧請して久しく住《ぢゅう》せしめたてまつらん、と。

一切仏に衆生の教化《きょうけ》救済と、久住《くじゅう》を勧め請う祈念である。それは、みずからの念仏行が自己一身のためにするものでないことを示している。このように、日常尋常、昼夜六時の口唱讃歎の念仏は、その前に「勧請」を伴うのである。

しかし、『往生要集』の説く「止悪修善」・「懺悔衆罪」の法門で行ぜられる懺悔の祈念は「別時の懺悔」であると言うのである。妄心・罪障に悩むとき、日常尋常の念仏行の中で行う懺悔とは別に、随時に行ずる特別の懺悔行なのであって、その中で声を挙げて唱えられる口唱念仏は、「勧請」の儀を伴う必要、というよりは、伴う余裕のない、痛切な切迫したものであり、「願はくは、仏、我を哀愍して」、「ただ願はくは諸仏、加護を垂れて」と、自己一身の解脱を祈求するのである。

不請（の）阿弥陀仏、両三遍申してやみぬ

と言ったのは、「悩乱に迫られ、勧請の儀を伴わぬ口唱の念仏を唱え、煩悩の解脱、罪障の滅罪を痛切に祈ったのであった」ということである。

さらにまた、

于時《ときに》、建暦《けんりやく》の二年《ふたとせ》、弥生《やよひ》の晦日《つごもり》ころ、桑門《さうもん》の蓮胤《れんいん》、外山《とやま》の庵にして、これを記す。

という巻末識語は、たんに『方丈記』一巻の識語たるにとどまらない。この真剣な「別時の懺悔」が行ぜられ、「狂言綺語の誤り」の罪障が清浄となり、妄心の悩乱が解消して、一時的にではあるが解脱境を味わった、その浄化の時・所・人を示すものという意味をもつこととなる。

結　び

結論に相当するものは、各大段の考察の中に記して来たつもりである。しいて結ぶとならば、『方丈記』は読む者に、これまでのどんな作品よりも痛切に、そしてつぶさに世界と人間の無常・苦・不浄の相を味わわせ、そこからの脱却法を究極まで追求する真剣・痛切な文学として、永く愛読されて来たのであり、その愛読・味読は、仏教教義書としてではなく、人間の書、文学として、知らず知らずのうちに『往生要集』の浄土思想・念仏教義の精髄を理解・共感させる、という意味合いをもっていたことになるのであると言いたい。

『方丈記』の構成（＊以下は『往生要集』に即した要約）

〔第一大段〕「ゆく河の流れは……たまゆらも心を休むべき」

＊自問、発心《ほっしん》、厭離穢土《おんりえど》、有相業《うそうごう》の念仏

〔序文〕「ゆく河の流れは……消えずといへども、夕を待つ事なし」

〔第一小段〕「ゆく河の流れは……世の中にある、人と栖と、又かくのごとし」

＊厭離穢土の極《ごく》略観

〔第二小段〕「たましきの都のうちに……消えずといへども、夕を待つ事なし」

＊略観

〔本論部〕「予、ものの心を知れりしより……たまゆらも心を休むべき」

＊広観

〔前段〕「予、ものの心を……心を悩ます事は、あげて不可計」

四大種の災厄　＊六道の観察

安元の大火・治承の辻風　＊火途《かず》（地獄）

治承の遷都　＊刀途《とうず》（畜生道）

養和の饑饉・悪疫　＊血途《けつず》（餓鬼道）

元暦の大地震　＊惣結厭相《そうけつえんそう》（無常・苦・不浄）

〔後段〕「若し、おのれが身、数ならずして……たまゆらも心を休むべき」

＊自問、所と身と心、穢土の苦相と苦観

〔第二大段〕「わが身、父方の祖母の家を……住まずして誰かさとらむ」

＊自答と自讃、修行、欣求《ごんぐ》浄土、有相業の念仏

〔序段〕「わが身、父方の……又、五かへりの春秋をなん経にける」

〔本論部〕「ここに、六十の露消えがたに及びて……住まずして誰かさとらむ」

〔前段〕「ここに、六十の露……これにしも限るべからず」

＊日野山浄土の身土《しんど》の楽《らく》

〔前半部〕「ここに、六十の露……みづから情を養ふばかりなり」

＊念仏行《ぎょう》と閑居の楽遊《がくゆう》

〔後半部〕「又、ふもとに一つの柴の庵あり……これにしも限るべからず」

〔後段〕
　＊遊行《ゆぎょう》と念仏
　「おほかた、この所に住みはじめし……住まずして誰かさとらむ」
　＊所・栖・身・心の安楽相、依正《えしょう》・身土の功徳の自讃
〔第一小段〕「おほかた、この所に……愁へ無きを楽しみとす」
〔第二小段〕「惣て、世の人の栖を作るならひ……誰を宿し、誰をか据ゑん」
〔第三小段〕「夫れ、人の友とあるものは……昔、今とをなぞらふるばかりなり」
〔第四小段〕「夫れ、三界は、只心ひとつなり……住まずして誰かさとらむ」

〔第三大段〕「抑、一期の月影かたぶきて」に始まり、巻尾まで。
　＊反省・自責、懺悔《さんげ》滅罪、無相業の念仏
〔第一小段〕「抑、一期の月影かたぶきて」から、「あたら時を過ぐさむ」まで。
　＊反省、真実教へ
〔第二小段〕「静かなる暁」から「その時、心、更に答ふる事なし」まで。
　＊自責（懺悔）、持戒、止悪修善《しゅぜん》
〔第三小段〕「只、かたはらに舌根をやとひて、不請（の）阿弥陀仏、両三遍申してや

みぬ」
＊祈り（念仏）、懺悔滅罪

『往生要集』の構成（「　」は言及のあるもの）

往生要集　巻上

「序文」

「大文第一　厭離穢土《おんりえど》」（の章）

「第一　地獄」　「業風《ごうふう》」

「第二　餓鬼道」

「第三　畜生道」

第四　阿修羅道

「第五　人道《にんどう》」　一「不浄」　二「苦」　三「無常」

第六　天道

「第七　惣《そう》じて厭相《えんそう》を結ぶ（惣結厭相）」

「広観」（六道の因果、惨苦《さんく》の相）

「略観」（馬鳴《めみょう》菩薩「頼吒和羅《らいたわら》」、堅牢比丘《けんろうびく》「壁上《へきじょう》の偈《げ》」、『仁王《にんのう》経』「四非常偈」）

「極略観」（『金剛経』「一切有為法、如夢幻泡影…」、『涅槃経』「諸行無常、是生滅法…」）

「大文第二　欣求《ごんぐ》浄土」（の章）　「浄土の十楽」

第一　聖衆来迎《しょうじゅうらいごう》の楽

第二　蓮華初開の楽

第三　身相神通の楽

「第四　五妙境界の楽」　「美を窮め妙を極める」

「第五　快楽《けらく》無退の楽」　「三途・八難も、四苦・八苦もなし」

第六　引接結縁《いんじょうけちえん》の楽

第七　聖衆倶会《しょうじゅくえ》の楽

第八　見仏聞法《けんぶつもんぼう》の楽

第九　随心供仏《ずいしんくぶつ》の楽

第十　増進仏道の楽

大文第三　極楽の証拠

初　十方に対す

第二　兜率《とそつ》に対す

「大文第四　正修念仏《しょうじゅ》」（の章）

「初　礼拝門《らいはい》」

「第二　讃歎門《さんだん》」

「第三　作願門《さがん》」　初　菩提心の行相　二　利益《りやく》　三　料簡《りょうけん》

「第四　観察門《かんざつ》」　初　別相観　二　惣相観　三　雑略観

「第五　廻向門《えこう》」

往生要集　巻中

「大文第五　助念の方法」（の章）

第一　方処供具

第二　修行の相貌

第三　対治懈怠

「第四　止悪修善《しあくしゅぜん》」　「五事　邪念と驕慢　常に心の師となるべし」

「第五　懺悔衆罪《さんげしゅざい》」　「理の懺悔　真実の念仏三昧　別時の懺悔」

第六　対治魔事

「第七　惣結要行《そうけつようぎょう》」　「止善　行善　菩提心　発願《ほつがん》」
「大文第六　別時念仏」（の章）
「第一　尋常の別行」
第二　臨終の行儀　　初行事　　次勧念

往生要集　巻下

大文第七　念仏の利益《りやく》
第一　滅罪生善
第二　冥得護持
第三　現身見仏
第四　当来の勝利
第五　弥陀を念ずる別益
第六　引例勧信
第七　悪趣の利益
大文第八　念仏の証拠

大文第九　往生の諸行
第一　諸経を明《あか》す
第二　惣じて諸業を結ぶ
「大文第十　問答料簡」（の章）
第一　極楽の依正
第二　往生の階位
第三　往生の多少
「第四　尋常の念相」　一　定業《じょうごう》　二　散業　三「有《う》相業《そうごう》」　四「無相業」
第五　臨終の念相
第六　麁心の妙果
第七　諸行の勝劣
第八　信毀の因縁
第九　助道の資縁
第十　助道の人法

初　出

「方丈記の読み方の一工夫――長明と『往生要集』」（『表現学大系・各論篇第五巻・随筆の表現』冬至書房　昭和63年10月）

関連論文

「方丈記と往生要集」（『表現研究』第十五号　昭和47年3月）
「方丈記密勘Ⅰ」（『福島大学教育学部論集』第二十三集の二　昭和46年11月）
「方丈記密勘Ⅱ」（『同教育学部論集』第二十五集の二　昭和48年11月）
「方丈記密勘Ⅲ――長享本と延徳本」（『同教育学部論集』第二十六集の二　昭和49年11月）

鈴木久略歴・業績一覧（方丈記関係を除く）

鈴木久　大正九年一月二日生まれ。昭和十八年九月、東京文理科大学国語学国文学科卒業。福島県立喜多方女子高等学校教諭を経て、昭和三十年十一月、福島大学学芸学部助手。同講師・助教授を経て、昭和四十三年十月、福島大学教育学部教授。昭和五十九年三月、定年退官。

平成十五年九月二十三日、逝去。

共著

『芸道思想集』（『日本の思想・第七巻』筑摩書房、昭和46年1月）『ささめごと』を担当

論文

「不易流行」（『福島大学学芸学部論集』第七集　昭和31年3月）

「芭蕉と俳諧式目」（『同学芸学部論集』第八集の二　昭和32年3月）

「三冊子の本文について――猿雖本批判」（東京文理科大学国語国文学会編集『国語』第五巻第三・四合併号　昭和32年6月）

「俤と位」（『福島大学学芸学部論集』第九集の二　昭和33年4月）

「透谷のまぎれなき光」（『同学芸学部論集』第十集の二　昭和34年3月）

「芭蕉の連句の制作年代及びその連衆名について――『水仙は見るまを』の歌仙」（『同学芸学部論集』第十一集の二　昭和35年3月）

「ささめごと密勘」（『同学芸学部論集』第十二集の二　昭和36年3月）

「草根集の世界」（『同学芸学部論集』第十三集の二　昭和37年3月）

「ささめごと密勘Ⅱ」（『同学芸学部論集』第十四集の二　昭和38年3月）
「ささめごと密勘Ⅲ」（『同学芸学部論集』第十五集の二　昭和39年2月）
「ささめごと密勘Ⅳ」（『同学芸学部論集』第十六集の二　昭和39年10月）
「ささめごと密勘Ⅴ」（『同学芸学部論集』第十七集の二　昭和40年10月）
「ささめごと密勘Ⅵ」（『同教育学部論集』第十八集の二　昭和41年10月）
「ささめごと密勘Ⅶ」（『同教育学部論集』第十九集の二　昭和42年11月）
「つれづれ草と摩訶止観」（国文学『言語と文芸』通刊第五十九号　昭和43年7月）
「つれづれ草密勘Ⅰ」（『福島大学教育学部論集』第二十集の二　昭和43年11月）
「つれづれ草密勘Ⅱ」（『同教育学部論集』第二十一集の二　昭和44年11月）
「つれづれ草密勘Ⅲ」（『同教育学部論集』第二十二集の二　昭和45年11月）
「つれづれ草密勘Ⅳ」（『同教育学部論集』第二十四集の二　昭和47年11月）
「つれづれ草密勘Ⅴ」（『同教育学部論集』第二十七集の二　昭和50年11月）
「つれづれ草密勘Ⅵ――闡提の文段群（上）」（『同教育学部論集』第二十八集の二　昭和51年11月）
「つれづれ草密勘Ⅶ――闡提の文段群（下）」（『同教育学部論集』第二十九集の二　昭和52年11月）
「つれづれ草密勘Ⅷ――平安朝物語風文段を中心に」（『同教育学部論集』第三十集の二　昭和53年11

月）

「つれづれ草密勘Ⅸ——徒然草古注の文化の種々相（その１）」（『同教育学部論集』第三十一集の二　昭和54年11月）

「つれづれ草密勘Ⅹ——徒然草古注の分化の種々相（その２）」（『同教育学部論集』第三十二集の二　昭和55年11月）

「つれづれ草密勘ⅩⅠ——松本・永積四部説への疑問」（『同教育学部論集』第三十三集の二　昭和56年11月）

「徒然草の無常観（徒然草密勘ⅩⅡ）——西尾二部説への疑問」（『言文』第三〇号　昭和57年11月）

「思惑《しわく》・見惑の文段群（徒然草密勘ⅩⅢ）——天台煩悩論の観点からみた二つの滑稽文段群」（『言文』第三一号　昭和58年12月）

「「一大事因縁」について——湯浅清氏に答える」（『言文』第三二号　昭和59年12月）

その他

「徒然草抄」「徒然草諸抄大成」「徒然草文段抄《もんだんしょう》」「鉄槌《てっつい》」「野槌《のづち》」の五項目（『日本古典文学大辞典・第四巻』岩波書店　昭和57年11月）

あとがき

本書は、本年が「方丈記八〇〇年」にあたることから、鈴木久の論文「方丈記の読み方の一工夫――長明と『往生要集』」を単行化したものです。昭和の末年に執筆した論文を、約二五年を経た今日復刊することに意義があるのか、疑問を感じる方があるかもしれません。ここで本書の特色を述べてみます。

鴨長明入道（蓮胤《れんいん》）は、日野山の方丈の庵《いおり》に「をり琴、つぎ琵琶」といった自前の楽器のほか、「和歌、管絃、往生要集ごときの抄物」を持ち込んでいました。和歌と管絃は長明入道の専門でしたが、『往生要集』は信仰生活にかかわる書物です。長明入道の日課は、日の出時の「普賢《ふげん》をかき、前に法花経をお」いた許《もと》での法華懺法《せんぼう》、日没時の「阿弥陀の絵像」の前で『阿弥陀経』を読む例時作法を中心に、往生極楽を願うというものでした。このような信仰生活の指針となっていたのが、源信の著作『往生要集』です。

長明入道は、古代中国の詩賦《しふ》や日本漢文学にも通じていたので、住まいをテーマとしつつみずからの志を述べようとして、『方丈記』を著しました。『方丈記』のものの見方の根底には、慶滋保胤《よししげのやすたね》の「池亭記」の文章とともに、『往生要集』の観察法、教義があったことを見落としてはならない。これが著者の着眼で、『往生要集』を徹底的に読みほぐし、『方丈記』の構成や内容にわたってその痕跡を検証する努力を積み重ねました。本書の特色は、まさにこの一点にあります。

著者には関連論文「方丈記密勘《みっかん》Ⅱ」「同Ⅲ」があり、今でも諸家によりしばしば引用されます。『方丈記』のテキストは広本《こうほん》と略本に分けられますが、古くから略本は初稿本で、広本が再稿本であるという説がありました。これに同調する著者はきわめて説得的に、長明入道は楽観的な往生思想を語る略本から、実修をともない思想的に深化した広本へと進展させたものと論じました。これも『往生要集』への沈潜にもとづく成果と言えます。

そこで、本書においては巻末に、『方丈記』の構成」と「『往生要集』の構成」を付載しました。読み進める途中で、『方丈記』や『往生要集』の全体ないし部分的な位置づけなどが気にかかった際には、ぜひこの一覧表をご覧になってください。

鈴木久は、「あとがき」の筆者（三角洋一）にとっては岳父にあたります。久は定年前後のころだったでしょうか、『徒然草』と『摩訶止観《まかしかん》』、『方丈記』と『往生要集』の関連について、一般読書人向けに分かりやすく説いた書物を書き上げてみたい」と、よく希望を語っていました。生前、実行されることはありませんでしたが、この記念の年に、このようなかたちで世に再評価を問うことができることを、うれしく思う次第です。

本書の刊行にあたっては、原論文にもとづきながらも、次のような処置を施しました。

論文の「はじめに」以下、三章の章分けと章題はそのまま生かし、新たに各章を数節ずつに小区分し、新たに内容と要点を示す見出しや語句を付してみました。

表記はなるべく統一し、ごくわずかながら、繋がりがよくないと思われた場合に限り、文を手直ししたところがあります。まったく論旨にはかかわりません。

ルビは今回新たに振りました。旧仮名遣いや現代仮名遣いが混在しますが、特に仏教語の訓《よ》みを確認し、調べる上でお役に立てば幸いです。

最後になりましたが、本書の刊行を快く引き受けてくださった新典社の岡元学実社長はじめ、お世話になった編集部の皆様に厚くおん礼申しあげます。

平成二十四（二〇一二）年八月七日

三　角　洋　一

鈴木　久（すずき　ひさし）
1920年1月2日生まれ。1943年9月，東京文理科大学国語学国文学科卒業。福島県立喜多方女子高等学校教諭を経て，1955年11月，福島大学学芸学部助手。同講師・助教授を経て，1968年10月，福島大学教育学部教授。1984年3月，定年退官。2003年9月23日，逝去。

方丈記《ほうじょうき》と往生要集《おうじょうようしゅう》　新典社選書 58

2012年 9 月 25 日　初刷発行

著　者　鈴 木　久
発行者　岡 元　学 実

発行所　株式会社　新 典 社

〒101－0051　東京都千代田区神田神保町1－44－11
営業部　03－3233－8051　編集部　03－3233－8052
ＦＡＸ　03－3233－8053　振　替　00170－0－26932
検印省略・不許複製
印刷所 恵友印刷㈱　製本所 ㈲松村製本所

ISBN978-4-7879-6808-1 C0395
http://www.shintensha.co.jp/　E-Mail:info@shintensha.co.jp